SECRETOS OCULTOS

SHARON KENDRICK

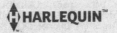

Editado por Harlequin Ibérica.
Una división de HarperCollins Ibérica, S.A.
Núñez de Balboa, 56
28001 Madrid

© 2017 Sharon Kendrick
© 2017 Harlequin Ibérica, una división de HarperCollins Ibérica, S.A.
Secretos ocultos, n.º 2567 - 6.9.17
Título original: Secrets of a Billionaire's Mistress
Publicada originalmente por Mills & Boon®, Ltd., Londres.

I.S.B.N.: 978-84-687-9962-9
Depósito legal: M-17525-2017
Impresión en CPI (Barcelona)
Fecha impresion para Argentina: 5.3.18
Distribuidor exclusivo para España: LOGISTA
Distribuidores para México: CODIPLYRSA y Despacho Flores
Distribuidores para Argentina: Interior, DGP, S.A. Alvarado 2118.
Cap. Fed./Buenos Aires y Gran Buenos Aires, VACCARO HNOS.

Capítulo 1

RENZO Sabatini estaba desabrochándose la camisa cuando sonó el timbre de la puerta. Tenía que ser Darcy. Acudió a su mente una imagen de ella besándolo mientras recorría su torso con las manos, y sintió un repentino calor en la entrepierna. Nadie más que ella podría ayudarlo a apartar de su mente lo que le esperaba.

Pensó en la Toscana, en lo que sería cerrar un capítulo de su vida. Era extraño que algunos recuerdos, después de tantos años, aún le doliesen tanto. Tal vez por eso siguiese pensando en esas cosas, porque continuaban doliéndole.

Pero ¿por qué dejarse llevar por la oscuridad cuando Darcy, su amante, estaba llamando a la puerta y era toda luz? Ya hacía cuatro meses que se conocían y seguía tan hechizado por ella como el primer día. Y la verdad era que no dejaba de sorprenderlo que su relación estuviese durando tanto, teniendo en cuenta que pertenecían a mundos muy distintos.

Descalzo, se dirigió al vestíbulo, atravesando las amplias estancias de su apartamento, en el distrito londinense de Belgravia, y cuando abrió la puerta se encontró a Darcy como esperaba, con el pelo y la ropa mojados por la lluvia.

Aunque no era muy alta, Darcy Denton resultaba llamativa por su belleza; era imposible no fijarse en ella. Se había recogido la rizada melena pelirroja en una coleta y debajo de la gabardina, cuyo cinturón resaltaba su estrecha cintura, asomaba el uniforme de camarera.

Darcy vivía en la otra punta de Londres, y habían constatado que perdían al menos una hora de estar juntos si iba a casa a cambiarse al salir del trabajo, aunque él mandara a su chófer a recogerla.

Él era un hombre muy ocupado, al frente de un despacho de arquitectos con proyectos en varios continentes, y su tiempo era demasiado valioso como para desperdiciarlo. Por eso, al salir de trabajar, Darcy iba allí directamente con su bolsa de viaje... y podría prescindir de la poca ropa que llevaba en ella, porque la mayor parte del tiempo que pasaban juntos estaba desnuda.

Se miró en sus ojos verdes, que brillaban como esmeraldas en su rostro de porcelana, y un cosquilleo de expectación y deseo lo recorrió.

–Llegas pronto –observó–. ¿No será que querías pillarme desvistiéndome?

Darcy esbozó una sonrisa forzada por toda respuesta, mientras Renzo se hacía a un lado para dejarla entrar. Estaba empapada, tenía frío, y había tenido un día horrible. Un cliente le había derramado el té encima, un niño había vomitado, y al ir a marcharse había empezado a llover y se había encontrado con que alguien se había llevado su paraguas.

Y ahora Renzo estaba allí plantado, en su palaciego apartamento con calefacción central, sugiriendo que no tenía nada mejor que hacer que calcular el momento justo para llegar y pillarlo desvistiéndose. Dudaba que hubiese un hombre más arrogante que él sobre la faz de la Tierra.

Claro que no podía decir que no hubiera sabido desde el principio dónde se estaba metiendo, porque todo el mundo sabía que un hombre rico y poderoso que flirteaba con una camarera solo podía querer una cosa.

Había perdido aquella batalla y acabado en la cama de Renzo. No había podido evitar dejarse seducir por él. Con solo besarla, había caído bajo su embrujo. Nunca se había imaginado que un beso podría hacerla sentirse de aquella manera, como si estuviese flotando. Le había entregado su virginidad y, tras el desconcierto de descubrir que nunca antes había yacido con un hombre, Renzo le había desvelado poco a poco los secretos del sexo, abriéndole los ojos a todo un mundo de placer.

Durante un tiempo las cosas entre ellos habían ido bien; mejor que bien. Cuando Renzo estaba en Londres y tenía un hueco en su apretada agenda, pasaba la noche con él. Y a veces también el día siguiente, si era fin de semana. Renzo le preparaba huevos revueltos, y le ponía algún CD de música clásica que nunca antes había oído, de esa que invitaba a soñar, con un montón de violines, mientras él repasaba los intrincados planos de uno de esos rascacielos que diseñaba y por los que se había hecho mundialmente famoso.

Sin embargo, últimamente algo había empezado a reconcomerla por dentro. ¿Sería su conciencia?, ¿sería la sensación de que el que Renzo la ocultara allí, como un secreto del que se avergonzaba, estuviese empezando a hacer mella en su autoestima, ya de por sí precaria?

No estaba segura. Lo único que sabía era que había empezado a analizar en qué se había convertido, y no le había gustado la respuesta. Era el juguete de un hombre rico, una mujer dispuesta a abrir las piernas solo con que él chasquease los dedos.

Y, aun así, ahora que estaba allí con él, le parecía que sería tonto dejar que sus dudas echasen a perder las horas que tenían por delante para estar juntos, así que esbozó una sonrisa, tratando de parecer despreocupada, dejó caer su bolsa al suelo y se soltó el cabello. Mientras agitaba su húmeda melena rizada, no pudo evitar sentir una punzada de satisfacción al ver que a Renzo se le oscurecían los ojos de deseo.

Claro que nunca había dudado que se sintiera atraído por ella. De hecho, parecía que estaba encaprichado con ella, y sospechaba que sabía el porqué: porque era diferente. Era una chica de clase trabajadora que no había ido a la universidad, y era una pelirroja con curvas, muy distinta de las delgadas morenas con las que Renzo solía salir en las fotos de los periódicos. Parecían incompatibles a todos los niveles... excepto en la cama.

Sí, el sexo con Renzo era increíble, pero no podía dejarse llevar por ese camino que no conducía a ninguna parte. Sabía lo que tenía que hacer; se había dado cuenta de que Renzo estaba empezando a dar por sentado que siempre estaría ahí para cuando a él se le antojase y sabía que, si dejaba que las cosas siguiesen así, la magia que había entre ellos se marchitaría poco a poco. Y no quería que pasara eso. Los malos recuerdos podían convertirse en un pesado lastre, y estaba decidida a conservar algunos buenos para aligerar esa carga. Tenía que armarse de valor y alejarse de él antes de que él se cansara de ella y la dejara tirada, destrozándole el corazón.

–He llegado pronto porque le dije a tu chófer que se fuese y he venido en metro –le explicó, atusándose el cabello húmedo con la mano.

–¿Que le dijiste que se fuera? –repitió él con el ceño fruncido, mientras la ayudaba a quitarse la gabardina–. ¿Y por qué hiciste eso?

Darcy suspiró, y se preguntó cómo sería llevar la vida de alguien como Renzo, con un chófer y un jet privado a su servicio, con empleados que le hacían la compra y recogían la ropa que había dejado tirada por el suelo la noche anterior, y sin las preocupaciones de la gente normal.

–Porque el tráfico está infernal a esta hora, y puedes tirarte media hora en un atasco –contestó quitándole la gabardina de la mano para colgarla en el perchero, junto a la puerta–. Y ahora, en vez de seguir hablando de estas menudencias, ¿qué tal si me ofreces una taza de té caliente? Vengo empapada, por si no te has dado cuenta... y estoy helada.

Sin embargo, en vez de ir a la cocina, Renzo la tomó entre sus brazos y la besó al tiempo que la asía por las nalgas para apretarla contra sí. Al notar su erección y el calor de su pecho desnudo, Darcy cerró los ojos y respondió al beso, enlazando su lengua con la de él. Renzo le separó las piernas con el muslo, y de inmediato se olvidó de todo, pero, cuando subió las manos a su torso esculpido y frotó las palmas contra él, Renzo dio un respingo.

–¿Estás intentando calentarte las manos en mi pecho?

–Ya te he dicho que estaba helada. Y como tú no quieres apiadarte de mí y hacerme una mísera taza de té...

–Hay otras formas de entrar en calor –murmuró él–. Podría enseñártelas –tomó su mano y la condujo hasta su entrepierna–. ¿Qué me dices?, ¿quieres venirte a la ducha conmigo?

Darcy no habría podido decir «no» aunque hubiera querido. Una caricia de Renzo era como prender fuego a una mecha, y con solo estar un par de segundos en sus brazos estallaba en llamas.

Ya en el cuarto de baño, de los labios de Renzo salían palabras susurradas en italiano mientras le bajaba la cremallera del uniforme y quedaban al descubierto sus senos. Tener unos pechos grandes siempre había sido una pesadilla para ella porque eran como un imán para los hombres, y, aunque no podía costearlo con lo que ganaba sirviendo mesas, más de una vez había pensado en someterse a una operación para reducirlos.

De hecho, había pasado mucho tiempo disimulándolos con sujetadores especiales, pero todo había cambiado cuando Renzo le había dicho que nunca

había visto unos pechos tan hermosos, y le había enseñado a amar su cuerpo. Le encantaba cuando los
succionaba y cuando los mordisqueaba suavemente
hasta hacerla gemir de placer. Hasta había empezado
a comprarle lencería.

Era lo único que dejaba que le comprase. Renzo
le decía que no comprendía su reticencia a dejar que
se gastase dinero en ella, pero no estaba por la labor
de explicárselo. Sus razones eran demasiado doloro-
sas y personales. Si dejaba que le comprase prendas
de lencería bonita y sexy, como sujetadores de escote
abalconado y braguitas minúsculas a juego, era solo
porque decía que lo excitaba vérsela puesta, y quitársela, y porque decía que realzaban su figura.

También porque la hacía sentirse sensual cuando
estaba en el trabajo, sabiendo que llevaba esa lencería fina, hecha con la mejor seda y el mejor encaje,
bajo el feo uniforme de camarera.

Renzo le había dicho que quería que pensase en él
cuando estuviese fuera, que cuando estaba lejos de
ella le gustaba imaginarla masturbándose mientras
pensaba en él. Y aunque nunca lo había hecho, la
idea la excitaba.

Claro que todo lo que tuviera que ver con Renzo
la excitaba: lo alto que era, su figura atlética, su cabello negro, sus ojos castaños, y hasta las gafas que
se ponía para revisar los planos de uno de sus proyectos. Igual que la excitaba cómo estaba mirándola
en ese momento mientras la acariciaba.

Pronto toda su ropa estuvo en el suelo, y, cuando
su amante italiano estuvo desnudo también, Darcy
tragó saliva al ver su tremenda erección.

–Impresionante, ¿no? –bromeó él con una sonrisa burlona–. ¿Quieres tocarme?

–No hasta que no estemos dentro de la ducha bajo el chorro del agua caliente. Con lo frías que tengo las manos, si te tocara, darías tal salto que te golpearías la cabeza con el techo.

Renzo se rio y la llevó dentro de la ducha. Con el agua caliente chorreando sobre ambos, Renzo la besó con avidez mientras le masajeaba los pechos y jugueteaba con sus pezones. El vapor que los envolvía hizo que su imaginación la transportara a una selva tropical, y cerró los ojos un instante para disfrutar de las caricias de Renzo y de la relajante sensación del agua caliente en su piel.

Deslizó las manos por el torso de Renzo, deleitándose en el tacto de sus músculos, perfectamente definidos bajo su piel aceitunada. Alargó la mano atrevidamente para agarrar su miembro erecto, y lo frotó con el índice y el pulgar como sabía que le gustaba. Renzo gruñó de placer, y Darcy cerró los ojos cuando su mano descendió por su vientre hasta enredarse en los húmedos rizos de entre sus muslos. Introdujo un dedo entre sus pliegues hinchados y, cuando empezó a moverlo dentro y fuera de ella, al tiempo que le acariciaba el clítoris con el pulgar, Darcy se encontró arqueando las caderas hacia él entre gemidos, ansiosa por alcanzar el clímax.

–¿A qué esperas, Renzo? –lo increpó jadeante–. Hazme tuya ya...

–Estás un poco impaciente, ¿no?

Pues claro que estaba impaciente. Había pasado casi un mes desde la última vez que se habían visto.

Renzo se había ido a Japón por su trabajo, y luego a Sudamérica. Había recibido algún que otro e-mail de él, aunque todos breves e impersonales, y un día, cuando habían retrasado su vuelo, la había llamado desde el aeropuerto de Río de Janeiro, pero probablemente solo lo había hecho para matar el tiempo.

Una y otra vez había intentado convencerse de que no la afectaba la absoluta falta de interés que mostraba Renzo. Nunca la había engañado; desde el principio le había dejado claro lo que no debía esperar de su relación, como amor, o cualquier tipo de compromiso por su parte.

El día que habían tenido esa conversación se había vuelto hacia Renzo mientras él hablaba, y la había sorprendido la desolación que había visto en sus ojos. Habría querido preguntarle qué le ocurría, pero no lo había hecho; estaba segura de que no le habría contestado y se habría encerrado aún más en sí mismo. Además, tenía por costumbre no meterse en los asuntos de los demás. Cuando se le hacían a alguien demasiadas preguntas personales, se corría el riesgo de que se las devolvieran, y eso era lo último que quería. No quería que nadie hurgase en su vida ni en su pasado.

Cierto que había aceptado las frías condiciones que Renzo había impuesto a su relación, pero habían pasado ya varios meses desde esa conversación, y el tiempo lo cambiaba todo. Hacía que los sentimientos se volviesen más profundos, y que se empezase a soñar con lo imposible, como imaginarse que se podía tener un futuro con un arquitecto multimillonario con casas en medio mundo y un estilo de vida completamente distinto del suyo. ¿Cómo iba a querer un hombre casarse con una simple camarera?

Apretó los labios contra el hombro de Renzo, mientras pensaba en cómo responder a su pregunta para demostrarle que aún tenía algún control sobre la situación, aunque estuviese perdiéndolo por segundos.

–¿Impaciente? –murmuró contra su piel mojada–. Si voy demasiado deprisa para ti, podemos dejarlo para más tarde. Y así me tomo esa taza de té que no has querido hacerme. ¿Es eso lo que quieres?

La respuesta de Renzo fue inmediata e inequívoca. La empujó contra la pared de azulejos, le abrió las piernas y la penetró, arrancando un gemido ahogado de su garganta. Cuando empezó a mover las caderas, Darcy gritó de placer. Renzo se lo había enseñado todo sobre el sexo y ella había sido una alumna aplicada. En sus brazos se sentía viva.

–Renzo... –jadeó mientras entraba y salía de ella.

–¿Me has echado de menos, *cara*?

Darcy cerró los ojos.

–He echado de menos... esto.

–¿Y nada más?

Darcy habría querido espetarle que en su relación no había nada aparte del sexo, pero ¿por qué estropear aquel momento tan erótico? Además, ningún hombre querría oír algo así en el fragor del coito, aunque fuera cierto. Y menos un hombre con un ego como el de Renzo.

–Pues claro que te he echado de menos –contestó cuando se quedó quieto, esperando su respuesta.

Tal vez Renzo advirtió la falta de convicción en sus palabras, porque, aunque empezó a mover las caderas de nuevo, el ritmo era mucho más lento, casi insoportable, como si estuviera infligiéndole un tormento en vez de haciéndole el amor.

–Renzo... –protestó.

–¿Qué pasa? –respondió él como si tal cosa.

¿Cómo podía parecer tan calmado, cuando ella no podía aguantar más? Lo necesitaba, necesitaba ese orgasmo... Claro que mantener el control en cualquier situación era lo que a Renzo se le daba mejor.

–No juegues conmigo –le dijo.

–Creía que te gustaba jugar –murmuró él–. Quizá... –le susurró al oído– debería hacerte suplicar.

–¡Ah, no!, ¡de eso nada! –exclamó Darcy, agarrándolo por las nalgas para retenerlo contra sí.

Renzo se echó a reír y por fin le dio lo que quería y comenzó a mover las caderas tan deprisa y con tanta fuerza que una escalada de placer sacudió a Darcy hasta que, entre intensos gemidos, le sobrevino el ansiado orgasmo. A Renzo le llegó poco después, y dejó escapar un largo gruñido de satisfacción.

La sostuvo entre sus brazos hasta que dejó de temblar, y luego la enjabonó con tal ternura que parecía que estuviese intentando compensarla por aquella sesión de sexo casi salvaje. Luego tomó una toalla y la secó con delicadeza antes de llevarla en volandas al enorme dormitorio.

La depositó sobre la cama, se tumbó a su lado y después de taparlos a ambos con la sábana y la colcha, le rodeó la cintura con los brazos. Darcy se notaba somnolienta, y suponía que él también lo estaría, pero deberían tener algo de conversación, y no solo aparearse como animales y luego quedarse dormidos. Pero ¿no era eso lo único que había en su relación, el sexo?

—¿Qué tal tu viaje? —se obligó a preguntarle.

—Dudo que te interese.

—Sí que me interesa.

—Lo que tú digas —murmuró él, antes de bostezar—. El hotel está casi terminado, y me han encargado el diseño de una nueva galería de arte en Tokio. Ha ido bien y ha sido un viaje provechoso, aunque agotador.

—¿Alguna vez has pensado en bajar un poco el ritmo?, ¿en quedarte en un segundo plano y limitarte a disfrutar de tu éxito?

—La verdad es que no —contestó él con otro bostezo.

—¿Por qué no? —insistió ella, aunque notaba que lo estaba irritando con sus preguntas.

—Porque alguien que ha llegado tan alto como yo he llegado no puede permitirse bajar el ritmo. Hay cientos de arquitectos que vienen pisando fuerte y a los que les encantaría estar donde yo estoy. Si le quitas el ojo a la pelota, aunque solo sea un momento, estás perdido —le explicó Renzo—. ¿Por qué no me cuentas tú cómo te ha ido a ti la semana? —murmuró acariciándole un pezón.

—¡Bah, yo no tengo nada interesante que contar! Lo único que hago es servir mesas —contestó ella.

Cerró los ojos, dando por hecho que iban a dormir, pero se equivocaba, porque Renzo se puso a masajear sus pechos y a frotar su creciente erección contra su trasero hasta que ella lo instó con un gemido a que la poseyera, y la penetró desde atrás, encontrándola húmeda y lista para él.

Mientras se movía dentro y fuera de ella la besaba en el cuello y jugueteaba con sus pezones, y pronto Darcy llegó al clímax, temblorosa y jadeante. Llevaban dos orgasmos en menos de una hora, y al poco rato, incapaz de seguir luchando contra el cansancio y el sopor que se estaba apoderando de ella, se quedó profundamente dormida.

Cuando se despertó, notó que Renzo se levantaba de la cama y lo oyó salir de la habitación. Al abrir los ojos y mirar hacia la ventana, vio que estaba atardeciendo. Los últimos rayos del sol teñían las hojas de los árboles, y a lo lejos se oía el canto de un mirlo.

Los frondosos árboles de los jardines de Eaton Square, adonde daban las ventanas del dormitorio, hacían que pareciese que estaban en medio del campo en vez de en Londres. Pero era solo una ilusión; más allá de aquella exclusiva zona residencial se alzaban edificios con apartamentos y tiendas en rebajas, y se extendían calles de aceras no tan limpias, con montones de coches y conductores enfadados tocando el claxon. Y a unas cuantas estaciones de metro, aunque pareciese que fuesen millones de kilómetros, en una galaxia distinta, estaba el minúsculo apartamento que para ella era su hogar.

A veces aquello se le antojaba como algo sacado de una novela rosa, la típica historia del multimillonario y su amante, la camarera, porque esas cosas no solían pasarles a chicas como ella. Pero Renzo jamás se había aprovechado de ella; nunca le había pedido nada que ella no hubiera estado dispuesta a darle.

Además, tampoco era culpa de Renzo que lo que seguramente había pretendido que fuese un romance de una sola noche, se hubiese alargado hasta devenir en la extraña relación que tenían. Una relación que solo existía entre las paredes de su apartamento porque, como si hubieran llegado a un tácito acuerdo, nunca salían a cenar, ni a tomar una copa, ni a bailar, ni le había presentado a sus amigos... Claro que los amigos de Renzo eran gente rica e influyente, como él, que no tenían nada en común con ella. Por no mencionar lo raro que sería que empezasen a aparecer juntos en actos públicos cuando ni siquiera eran una pareja de verdad.

No, Darcy tenía los pies en el suelo. Y también el suficiente sentido común como para saber que Renzo Sabatini era como ese cucurucho de helado que se tomaba en un día soleado. Por delicioso que fuera su sabor, y aunque fuera el mejor helado que se hubiera probado, se sabía que no duraría mucho.

Cuando oyó pasos, alzó la mirada y vio a Renzo entrando en el dormitorio con una taza en cada mano.

–¿Tienes hambre? –le preguntó, deteniéndose junto a la cama.

–No mucha, pero sed sí que tengo.

–Me lo imaginaba –respondió él, inclinándose para depositar un beso en sus labios–. Por eso te he traído esto.

Darcy esbozó una media sonrisa y tomó la taza de té que le tendía, y Renzo se fue hacia el escritorio, donde dejó su taza para ponerse unos vaqueros. Luego se sentó, se puso las gafas, y encendió el ordenador, que había dejado suspendido, y al rato estaba ya tan enfrascado en lo que estaba mirando que Darcy se sintió completamente ignorada. Con Renzo sentado de espaldas a ella se sentía como una insignificante pieza en el complejo engranaje de su vida.

–¿Ocurre algo? –inquirió él, como extrañado por su silencio, aunque sin volverse.

¿Habría dejado entrever su irritación? Por el tono de su pregunta le dio la impresión de que esperaba que se apresurase a negarlo, y casi hasta que se disculpase. Le había dado el pie para que le dijera que no, que no pasaba nada. Para que le sonriese dócilmente, como solía hacer, y diese unas palmaditas en el colchón para que fuera con ella. Pero no estaba de humor para poner buena cara y fingirse dócil y sumisa. Antes de salir del trabajo había oído una canción en la radio que había evocado en ella recuerdos dolorosos del pasado y de su madre, a quien llevaba toda su vida intentando olvidar.

Era extraño cómo unos acordes podían tocarle a una la fibra sensible y hacer que te entrasen ganas de llorar, pensó. Y cómo se podía seguir queriendo a alguien aunque te decepcionase una y otra vez.

Había albergado la esperanza de que, al ir allí, Renzo le haría el amor y borraría la angustiosa desazón que la embargaba, pero había ocurrido exactamente lo contrario. Su desazón había aumentado porque se había dado cuenta de que vivir a la sombra de un hombre rico no la hacía feliz, y de que cuanto más tiempo siguiese con él, más difícil le resultaría volver al mundo real, a su mundo.

Apuró el té y dejó la taza en la mesilla. Había

llegado el momento de poner fin a aquello, y aunque iba a echar a Renzo muchísimo de menos, no tenía más remedio que hacerlo.

—Estaba pensando que no podré verte durante un tiempo —le dijo en un tono lo más neutral y despreocupado posible.

Esas palabras consiguieron por fin que le prestara atención, porque se volvió y dejó las gafas sobre la mesa, y frunciendo el ceño le espetó:

—Pero ¿de qué estás hablando?

—Me han dado una semana de vacaciones y me voy a Norfolk.

Por su cara, era evidente que su respuesta lo había desconcertado. Normalmente sus cosas no le interesaban, aunque de vez en cuando le preguntase por cortesía cómo le iba, pero ahora sí parecía interesado.

—¿Y qué vas a hacer tú en Norfolk?

Ella se encogió de hombros.

—Buscar un apartamento de alquiler. Estoy pensando en mudarme allí.

—¿A Norfolk?

—Pues sí, no sé por qué te sorprendes tanto. Ni que te hubiese dicho que me voy a Marte...

—No sé, es que... —Renzo frunció el ceño—, ¿qué hay en Norfolk?

Darcy había pensado decirle que quería un cambio en su vida, lo cual era cierto, y no entrar en las verdaderas razones, pero la absoluta falta de comprensión por su parte la enfadó, y la voz le temblaba de ira cuando contestó.

—Porque allí al menos tengo la posibilidad de alquilar un apartamento con vistas a algo que no sea un muro de ladrillos. Y de encontrar un trabajo en el que no tenga que servir a gente tan estresada que ni te da los buenos días, y que es incapaz de decir «por favor» y «gracias» –le espetó–. Y la oportunidad de respirar un aire con menos polución, de disfrutar de un coste de vida más bajo y de un ritmo de vida menos agotador.

Renzo frunció el ceño de nuevo.

–Entonces... ¿es porque no te gusta el sitio donde vives?

–Se ajusta a mis necesidades, pero me parece que no es nada extraordinario aspirar a algo mejor.

–¿Por eso no me has invitado nunca a tu apartamento?

–Supongo.

Nunca lo había invitado porque le daba vergüenza. Le costaba imaginárselo sentado en su viejo sofá, con una bandeja en las rodillas y tomando comida china, entrando en su minúsculo cuarto de baño o, peor aún, compartiendo la estrecha cama con ella. Los dos se habrían sentido incómodos, y la brecha social que los separaba se habría hecho aún más evidente.

–¿Querrías que lo hubiese hecho? –le preguntó.

Renzo sopesó la pregunta de Darcy. La verdad era que no. Sabía lo distinta que era su vida de la de ella y, si lo hubiera llevado a su apartamento, probablemente se habría sentido en la obligación moral de extenderle un cheque para que se comprase una nevera nueva o que reformase el baño. Y como Darcy era la mujer más orgullosa que conocía, se habría negado en redondo una y otra vez.

A excepción de la lencería que le compraba, había rechazado todos los regalos que había querido hacerle, y no lo entendía. Le gustaba hacer regalos caros a las mujeres porque así no se sentía en deuda con ellas. Esos regalos reducían sus relaciones a lo que eran en realidad: transacciones.

–No es que estuviera esperando que me invitaras –contestó pausadamente–, pero sí que hablarías conmigo de tus planes de vacaciones en vez de tomar una decisión sin decirme nada.

–¡Pero si tú nunca hablas de tus planes conmigo! –exclamó ella–. Haces siempre lo que te parece.

–¿Me estás diciendo que quieres que repase mi agenda contigo antes de tomar decisiones? –inquirió él con incredulidad.

–Por supuesto que no. Me dejaste bien claro desde el principio que no te gusta que se inmiscuyan en tus asuntos, y todo este tiempo lo he respetado. Creo que no es mucho pedirte que tú hagas lo mismo.

–Pero has dicho que vas a ir a Norfolk a buscar un apartamento –repitió él.

–Sí, tal vez.

–Entonces, puede que esta sea la última vez que nos vemos.

Ella se encogió de hombros.

–Podría ser.

–¿Y ya está? ¿Así es como va a terminar esto?

–¿Qué esperabas? Antes o después se tenía que acabar.

Renzo la escrutó con los ojos entornados. Sabía que nada duraba eternamente, sí. Y que al cabo de un mes, o quizá menos, habría encontrado a otra mujer que ocupase su lugar. Probablemente una mujer que encajase mejor con él. Pero era ella la que estaba hablando de dejarlo, y eso no le gustaba.

Era un hombre orgulloso; tal vez incluso fuera más orgulloso que Darcy. No estaba acostumbrado a que las mujeres lo dejasen. Era él quien las dejaba, y era él quien decidía cuándo se terminaba la relación. Aún deseaba a Darcy; todavía no había llegado con ella a ese estado de aburrimiento que le hacía desviar las llamadas de una mujer directamente a su buzón de voz, o dejar pasar un tiempo desproporcionado antes de responder a sus mensajes de texto.

–¿Y si te vienes de vacaciones conmigo, en vez de irte sola a Norfolk?

Por cómo se dilataron sus pupilas, supo que su sugerencia la había sorprendido. Lo miró con recelo y le preguntó:

–¿Lo dices en serio?

–Claro, ¿por qué no?

Renzo se levantó de la silla, y fue a sentarse en el borde de la cama, junto a ella.

–¿Tan extraño te parece?

Darcy se encogió de hombros.

–No es lo que solemos hacer. Siempre nos quedamos aquí; nunca salimos.

–Cierto, pero la vida sería muy aburrida si siempre hiciésemos lo mismo, ¿no? –murmuró alargando la mano para acariciarle un pecho–. ¿Me estás diciendo que no te atrae la idea de pasar unos días fuera conmigo? –inquirió, frotando el pezón con el pulgar.

Darcy tragó saliva y se mordió el labio inferior.

–Renzo... me... me cuesta pensar con claridad cuando me tocas de esa manera...

–¿Qué es lo que tienes que pensar? –la increpó él, pellizcando suavemente el pezón–. Te he hecho una propuesta muy sencilla. Podrías venirte conmigo. Tengo que ir a la Toscana este fin de semana. Y aún te quedaría tiempo para ir a Norfolk.

Darcy se recostó contra los almohadones y cerró los ojos mientras él le masajeaba el seno con toda la mano.

–Tienes una casa allí, ¿no? –le preguntó en un susurro–. En la Toscana.

–No por mucho tiempo. Ese es el motivo de mi viaje; voy a venderla –respondió él con voz ronca–. Antes tengo que ir a París por negocios, pero podemos viajar por separado –se quedó callado un momento–. ¿No te tienta la idea?

Las palabras de Renzo se filtraron en la mente distraída de Darcy mientras continuaba atormentándola con deliciosas caricias. Abrió los ojos y se humedeció los labios con la lengua, haciendo un esfuerzo por concentrarse en cuál debería ser su respuesta.

¿Y si le dijera que sí? Podría ir a la Toscana con él e imaginar que era su novia, alguien que le importaba y no solo una mujer a la que quería arrancarle la ropa cada vez que estaban juntos.

–Sí, la verdad es que sí me tienta –murmuró–; un poco.

–No ha sido una respuesta muy entusiasta –observó él–. ¿Puedo tomarla como un «sí»?

Ella asintió y volvió a cerrar los ojos, y suspiró de placer cuando empezó a acariciar su otro seno.

–Bien –Renzo se quedó callado y su mano se detuvo–. Pero primero tendrás que dejar que te compre algo de ropa.

Darcy abrió los ojos y se incorporó como impulsada por un resorte, apartando su mano.

–¿Cuándo te meterás en esa cabezota que tienes que no quiero tu dinero, Renzo?

–Me va quedando bastante claro –respondió él–, pero, aunque me parece admirable que seas una mujer independiente, creo que te equivocas en tu forma de enfocar esto. ¿Es que no puedes aceptar de buen grado un simple regalo? A la mayoría de las mujeres les gusta que les hagan regalos.

–Pues yo no los quiero –le espetó ella con aspereza.

–En este caso no es cuestión de que quieras o no esa ropa, sino de que la necesitas, así que me temo que voy a tener que insistir –respondió él–. Tengo un estatus que mantener. Como mi acompañante, la gente se fijará en ti, y detestaría que te sintieras juzgada negativamente por no ir vestida de la manera adecuada.

–¿Como tú me estás juzgando ahora mismo, quieres decir? –lo increpó ella.

Renzo sacudió la cabeza y una sonrisa se dibujó en sus labios.

–Por si no te has dado cuenta, personalmente prefiero cuando no llevas puesto nada, pero creo que no sería muy apropiado que te pasearas desnuda por la campiña de la Toscana. Solo quiero que estés cómoda mientras estemos allí, Darcy, que te compres unas cuantas cosas bonitas, como un par de vestidos de noche por si tenemos que asistir a algún evento. No es para tanto.

Ella abrió la boca para replicarle que para ella sí lo era, pero Renzo, que se había levantado, estaba desabrochándose los vaqueros.

–¿Qué estás haciendo? –le preguntó ella.

Él esbozó una sonrisa pícara.

–Venga, utiliza tu imaginación –respondió mientras se bajaba los pantalones. Luego, apoyándose con ambas manos en el colchón, se inclinó hacia ella y susurró contra sus labios–: Voy a persuadirte para que aceptes mi dinero para comprar esos vestidos y no podrás decirme que no.

Capítulo 2

SENTADO en un sillón de la sala de espera VIP en el aeropuerto de Florencia, Renzo miró su reloj y chasqueó la lengua con impaciencia. ¿Dónde diablos estaba Darcy? Sabía que detestaba que llegase tarde, igual que sabía que su día a día se regía por la misma puntualidad que un reloj suizo.

El vuelo que le había dicho que tomara había llegado hacía veinte minutos, pero ella no estaba entre los pasajeros que habían ido saliendo del avión. Había desahogado su irritación con la empleada del mostrador, que en ese momento estaba revisando la lista de pasajeros en el ordenador mientras él se veía obligado a considerar lo inimaginable: que Darcy hubiera cambiado de idea y lo hubiese dejado plantado.

Frunció el ceño contrariado. Aunque se había mostrado reacia a aceptar el dinero que le había dado para reservar el billete en primera clase y comprarse la ropa que necesitara, al final lo había tomado. Claro que podría ser que lo hubiese hecho solo porque él había insistido. Podría ser que la hubiese ofendido al sugerir que necesitaba comprarse ropa decente, o tal vez simplemente había tomado el dinero y se había largado a Norfolk.

Renzo apretó los labios cuando casi se encontró

deseando que así fuera. Así al menos tendría un motivo para despreciarla, para olvidarla, en vez del regusto amargo que tenía en ese momento en la garganta al pensar que tal vez hubiera decidido poner fin a su relación.

Recordó la noche en que la había conocido. Él había salido con tres amigos banqueros de Argentina que estaban de paso y querían conocer la noche londinense. Habían ido al Starlight Room, un club nocturno, y habían pedido whisky mientras decidían a cuál de las mujeres que estaban en la barra, tomando un cóctel, sacarían a bailar. Un par de ellas le habían sonreído con coquetería, pero a él quien le había llamado la atención había sido una de las camareras, la criatura más explosiva que había visto jamás. Su uniforme, un vestido negro de satén, resaltaba sus caderas, pero había sido el vertiginoso escote lo que lo había dejado sin aliento. *Santa Madonna, che bella*! ¡Qué pechos! Tan voluptuosos, tan bien formados...

Al contrario que sus amigos, no había bailado con nadie, sino que se había quedado allí sentado, observándola embelesado y con una erección tremenda. La había llamado varias veces con la excusa de pedir otra copa, y cada vez que la había tenido cerca había sentido que saltaban chispas entre ellos. Nunca había experimentado una atracción tan fuerte hacia una perfecta desconocida, y aunque estaba seguro de que ella sentía lo mismo, no lo había exteriorizado en ningún momento. De hecho, por el modo en que sus grandes ojos verdes habían rehuido una y otra vez los de él, y las miradas furtivas que le había lanzado, había llegado a la conclusión de que estaba jugando al ratón y al gato con él.

Si hubiera sabido que era virgen, ¿se habría acostado con ella aun así esa noche?, se preguntó. Y de inmediato se contestó que sí. Habría sido incapaz de luchar contra el deseo que se había apoderado de él nada más verla, porque desde ese momento había sabido que no podría quitársela de la cabeza hasta haberla hecho suya.

Después de que cerrara el club se despidió en la puerta del local de sus amigos, que tomaron un taxi. Su chófer había ido a recogerlo y aguardaba junto a la acera con un paraguas, pues estaba empezando a llover. Renzo, que quería esperar a que saliera Darcy, tomó el paraguas de su mano y le pidió que se sentara al volante y aguardara unos minutos.

Ella salió del local al poco rato, y cuando se detuvo para abrir el paraguas y lo vio acercarse lo miró con recelo. La saludó con una sonrisa y, señalando el coche, con su chófer esperando al volante, se ofreció a llevarla.

–No, gracias –respondió ella, en un tono vehemente que lo sorprendió.

–¿Por qué? ¿Acaso no se fía de mí?

–Sé lo que quiere –le espetó ella–, y de mí no lo va a obtener.

Y tras decir eso echó a andar calle abajo. Renzo entró en el coche y la observó mientras se alejaba, con una mezcla de frustración y admiración.

Volvió otras noches al club, y conversando con ella se enteró de que solo trabajaba allí los fines de semana y de que iba a dejarlo porque había conseguido un empleo de día en una cafetería. Y no le había resultado nada fácil sonsacarle esa información. Era la mujer más reservada que había conocido, y eso, unido a cómo se le resistía, hizo que persistiera con ahínco en su intento por conquistarla. Y un día, justo cuando estaba empezando a preguntarse si no estaría malgastando su tiempo, accedió a dejar que la llevara a casa al salir del trabajo.

–*Madonna mia*! –exclamó él con sorna–. ¿Significa eso que has decidido que puedes fiarte de mí?

Ella se encogió de hombros, y con ese movimiento sus senos rebotaron, haciendo que una ráfaga de deseo aflorara en su entrepierna.

–Supongo que sí. El resto de los empleados ya se deben de haber quedado con tu cara, y has quedado inmortalizado para toda la eternidad en las grabaciones de las cámaras de seguridad cada vez que has venido, así que, si resultas ser un asesino, te atraparán muy pronto.

–¿Tengo pinta de asesino?

Al oírle decir aquello, Darcy había sonreído, y había sido como si, en un cielo cubierto, el sol hubiera asomado de pronto entre las nubes.

–No, pero un poco peligroso sí que pareces.

–Las mujeres siempre me dicen que eso es parte de mi atractivo.

–No lo dudo, aunque no sé si estoy de acuerdo. Pero, si crees que porque te deje que me lleves a casa voy a acostarme contigo, te equivocas –le advirtió Darcy.

Pero resultó que era ella la que se equivocaba. Mientras conducía por las calles de Londres en aquella noche lluviosa, le preguntó, seguro de que le diría que no, si le apetecería ir a su casa a tomar un café. Para su sorpresa, Darcy accedió.

Cuando llegaron a su apartamento, Darcy le confesó que la verdad era que no le gustaba el café, así que le preparó un té y, dándose cuenta de que si iba demasiado rápido con ella la perdería, decidió comportarse como un caballero y no presionarla. No sabía si sería por su contención, pero el caso fue que Darcy empezó a relajarse, y cuando en un momento dado, estando los dos sentados en el sofá, se inclinó para besarla, ella no hizo siquiera ademán de apartarlo. Tampoco lo detuvo cuando deslizó la lengua dentro de su boca, ni cuando comenzó a acariciarla y a quitarle la ropa. Acabó haciéndole el amor allí mismo, por temor a que cambiara de idea durante el corto trayecto entre el salón y el dormitorio.

Fue entonces cuando descubrió que era virgen, y en ese momento algo cambió. Nunca antes había hecho el amor con una virgen, y no había esperado la satisfacción que lo invadió al saber que era el primero en poseerla. Un rato después, cuando yacían allí juntos, esforzándose por recobrar el aliento, le apartó un mechón húmedo de la mejilla, y le preguntó por qué no se lo había dicho.

–¿Por qué? ¿Habrías parado si lo hubiera hecho? –le respondió ella.

–Bueno... no lo sé –admitió él–, pero... si hubiera sabido que era tu primera vez, te habría llevado a la cama y habría sido más cuidadoso.

–No soy de porcelana –contestó ella en un tono arisco.

Su respuesta confundió a Renzo, que había pensado que se mostraría vergonzosa, o cuando menos tímida, pero también hizo que aumentara la atracción que sentía por ella.

Y aunque pensó que sería solo un ligue de una noche, él también se equivocaba, porque Darcy había despertado su curiosidad. Por ejemplo, leía tantos libros como una catedrática con la que había estado saliendo durante un tiempo, aunque eran novelas, y no ensayos de filosofía ni tratados de biología molecular.

Además, no era tan predecible como otras mujeres con las que había estado. No lo aburría con historias de su pasado, ni lo atosigaba a preguntas sobre el suyo.

Sus encuentros, infrecuentes pero apasionados, satisfacían las necesidades de ambos, y parecía que Darcy comprendía y aceptaba que no estaba interesado en una relación seria.

Sin embargo, a veces rondaba su mente una pregunta incómoda: ¿por qué una mujer tan hermosa le había entregado sin dudar su virginidad a un perfecto desconocido? Y una y otra vez se encontraba planteándose la misma respuesta: ¿podría ser que hubiese estado esperando al mejor postor, a un millonario como él?

—¡Renzo!

La voz de Darcy llamándolo lo devolvió al presente, y cuando alzó la mirada la vio. No lo había dejado plantado, estaba allí, y se dirigía hacia él tirando de una maltrecha maleta. Renzo, acostumbrado al apagado uniforme de camarera que vestía a diario, se quedó boquiabierto al verla. Llevaba un vestido de tirantes estampado de un color amarillo radiante con pequeñas flores azules. Era un sencillo vestido de algodón, pero le quedaba espectacular. Y no eran el corte ni el diseño lo que hicieron que todos los hombres de la sala se quedaran mirándola, sino su belleza natural y su frescura.

Sin embargo, cuando llegó junto a él, la irritación se apoderó de nuevo de él, y pensó que debería recordarle que nadie, nadie, hacía esperar a Renzo Sabatini. Arrojó al asiento de al lado su periódico y se levantó.

–Llegas tarde.

La irritación de Renzo no logró enturbiar la satisfacción que Darcy había sentido al ver cómo la había mirado al llegar. Había decidido desafiarlo con aquel vestido de rebajas para demostrarle que no le hacía falta ropa cara para vestir con estilo, y parecía que lo había conseguido.

Pero si quería conservar un buen recuerdo de aquel viaje no podían empezar con mal pie, y eso implicaba disculparse por haber llegado tarde. La verdad era que había habido un momento en que había estado a punto de cancelar su billete, porque a comienzos de semana había estado fatal por culpa de un virus estomacal que la había tenido vomitando sin parar.

–Lo sé; perdona.

Renzo asió el mango telescópico de su maleta de ruedas, y frunció el ceño al tomar su bolsa de mano.

–¿Qué llevas aquí?, ¿ladrillos?

–He metido algunos libros –respondió ella mien-

tras echaban a andar hacia la salida–. Aunque no sabía si tendría mucho tiempo para leer.

Cuando Renzo se quedó callado con expresión hu-
raña, en vez de responderle con un comentario provo-
cativo como solía hacer, dedujo que no iba a perdo-
narle tan fácilmente que le hubiera hecho esperar.

–No puedo creerme que esté en Italia –murmuró
Darcy minutos después, admirando el brillante cielo
azul mientras se alejaban en coche del aeropuerto en
dirección a Chiusi.

Renzo, que había permanecido callado al volante
hasta ese momento, le lanzó una mirada furibunda.

–He estado más de una hora esperándote en el
condenado aeropuerto –la increpó–. ¿Por qué no to-
maste el vuelo que te dije?

Darcy vaciló. Podría inventarse alguna excusa
para aplacarlo, pero ya había envuelto en secretos y
evasivas demasiados aspectos de su vida, aterrada
ante la idea de que alguien pudiera juzgarla. ¿Por
qué no decirle la verdad?

Además, aquello era distinto, no era algo de lo
que tuviese que avergonzarse. Debería ser franca con
él respecto a la decisión que había tomado cuando le
había puesto en la mano aquel grueso fajo de billetes, haciéndola sentirse terriblemente incómoda.

–Porque el billete era demasiado caro.

–Darcy, te di el dinero para que reservaras un
asiento en ese vuelo.

–Lo sé, y fue muy generoso por tu parte –respondió ella, haciendo una pausa para inspirar profundamente–, pero, cuando vi lo que costaba viajar en
primera clase, fui incapaz de hacerlo.

–¿Qué quieres decir?

–Pues que me parecía obsceno gastar todo ese dinero en un vuelo de dos horas, así que saqué un billete para una compañía low-cost.

–¿Que hiciste qué?

–Deberías probar a hacerlo alguna vez. Es verdad que no vas muy cómodo, pero la diferencia de precio es brutal. Igual que en la ropa.

–¿En la ropa? –repitió él sin comprender.

–Sí. Fui a esa tienda que me recomendaste en Bond Street, pero el precio que pedían hasta por una simple blusa era ridículo, así que me fui al centro y encontré otras cosas igual de bonitas pero más baratas, como este vestido –alisó la falda con la mano y añadió con una ligera incertidumbre–: Que yo creo que está bien, ¿no?

Renzo la miró y frunció el ceño.

–Sí, está bien –dijo con aspereza.

–Y entonces, ¿cuál es el problema?

Renzo resopló y, golpeando el volante con la palma de la mano, le espetó malhumorado:

–El problema es que no me gusta que me desobedezcan.

Darcy se rio.

–¡Por Dios, Renzo!, me estás recordando a un profesor cascarrabias que tuve. Solo que no eres mi profesor, ni yo soy tu alumna.

–¿Ah, no? –Renzo enarcó las cejas–. Pues yo creía que te había enseñado unas cuantas cosas...

Aquella insinuación hizo que se le encendieran las mejillas a Darcy, que lo miró de reojo y pensó, suspirando para sus adentros, en lo atractivo que era.

A veces, cuando lo miraba, el corazón le palpitaba con fuerza y casi le costaba respirar. Cuando aquello terminara, ¿volvería a sentir por alguien lo que sentía por Renzo?, se preguntó. Probablemente no; nunca había sentido una atracción tan fuerte por ningún otro hombre.

¿Cómo describía Renzo lo que había ocurrido el día que se habían conocido? ¡Ah, sí! *Colpo di fulmine*; algo así como si lo hubiera golpeado un rayo, una atracción inmediata.

Le lanzó otra mirada a hurtadillas. Tenía el cabello despeinado, el cuello de la camisa abierto, y el sol de la Toscana hacía que su piel aceitunada pareciera de oro. Los músculos de sus muslos se adivinaban bajo las perneras de sus pantalones gris carbón, y Darcy sintió cómo se le aceleraba el pulso mientras los recorría con la mirada.

—Entonces, ¿qué vamos a hacer estos días? –le preguntó.

—¿Aparte de hacer el amor, quieres decir?

—Aparte de eso –asintió ella, sintiendo una punzada en el pecho.

Aunque el sexo con él era increíble, le gustaría que no lo sacase a colación todo el tiempo. ¿Era necesario que le recordase constantemente el único motivo por el que estaba con ella? Recordó las botas que había metido en la maleta, por si hacían senderismo, y se preguntó si no se habría hecho una idea completamente equivocada de aquel viaje. ¿Entraría en los planes de Renzo llevarla a ver algo, o solo iban a hacer más de lo mismo, aunque en un entorno más pintoresco?

—El hombre que va a comprar la casa va a venir a cenar —le dijo, sin responder a su pregunta, saliendo de la autopista a una carretera comarcal.

—Ah. ¿Eso es habitual?

—La verdad es que no, pero... bueno, es mi abogado, y quiero convencerle para que se quede con el servicio que se ocupa del cuidado de la villa. Llevan tantos años trabajando para mi familia... Va a traer a su novia, así que me viene bien que estés aquí para que no seamos impares.

Darcy apretó los labios. O sea, que iba a ser la acompañante florero, que su misión era ocupar una silla que si no se quedaría vacía, y calentarle la cama por las noches. No había nada más.

Aunque aquel comentario le dolió, no lo exteriorizó. Era algo en lo que era una maestra. En su más tierna infancia, las privaciones y el miedo que la habían marcado, le habían enseñado a ocultar sus sentimientos tras una máscara, y a mostrar siempre al mundo su mejor cara para parecer la clase de niña que un matrimonio querría adoptar y llevar a su hogar. Y aunque a veces se preguntaba qué revelaría si un día cayese esa máscara, trataba de no obsesionarse con aquel temor, diciéndose que jamás dejaría que ocurriese eso.

—¿Cuándo fue la última vez que estuviste en el extranjero? —le preguntó Renzo mientras atravesaban un bonito pueblo situado en lo alto de una colina.

—Uf, ya ni me acuerdo —se limitó a responder ella.

—¿Tanto?

Había sido a los quince años, un viaje en autocar por España con otros chicos del orfanato. Se había quemado con el abrasador sol del verano, y dormir en una caravana había sido como hacerlo en un invernadero, pero se suponía que tenían que estar agradecidos a la parroquia por recaudar el dinero para costear el viaje.

Y ella lo estaba, pero aparte del calor y las incomodidades, hubo otras cosas que le amargaron la estancia, como el día que alguien hizo un agujero en la pared de las duchas de las chicas para espiarlas, y se montó un buen jaleo, o el día que le robaron un par de braguitas mientras estaba bañándose en la piscina.

—Fue un viaje que hice con el colegio —contestó sin dar más datos—. Es la única vez que he estado fuera... hasta ahora.

Renzo frunció el ceño.

—O sea, que no eres muy viajera.

—Supongo que no.

De pronto, Darcy se dio cuenta de lo peligroso que podía ser para ella aquel viaje. El estar más tiempo con Renzo implicaba que en cualquier momento podría irse de la lengua y contarle algo que no le quería contar, algo que le repugnaría.

No quería mentirle, pero jamás podría contarle la verdad. No tenía sentido hacerlo cuando lo que había entre ellos no tenía futuro. ¿Para qué iba a hablarle de su madre yonqui? No podría soportar que la mirara con el desprecio y el espanto con que la habían mirado otras personas al enterarse.

Sin embargo, el recuerdo de su madre hizo que le remordiera la conciencia, y decidió que tenían que hablar de algo a lo que había estado dándole vueltas durante el vuelo.

–Renzo... –comenzó–. Sobre lo del dinero que te he ahorrado con lo del billete de avión y la ropa...

–Sí, ya lo sé –la interrumpió él con una sonrisa mordaz–, tenías que soltar tu alegato de «chica pobre le da una lección al millonario que va por ahí tirando el dinero». Lo capto.

–No hace falta que te pongas sarcástico –lo increpó Darcy–. Quiero devolvértelo. Lo llevo en el bolso, dentro de un sobre; solo falta el dinero que gasté en el billete y en el vestido.

–¿Cuándo te enterarás de que no quiero que me lo devuelvas? Me sobra el dinero. Y, si te hace sentir mejor, te admiro por ser una mujer de recursos y por negarte a dejarte seducir por mi dinero. No se encuentra uno con personas como tú todos los días.

Darcy se quedó callada un momento.

–Creo que los dos sabemos que no fue tu dinero lo que me atrajo de ti, Renzo.

No, no había sido su dinero, ni que fuera un importante arquitecto; sencillamente le gustaba él como persona. Era el hombre más carismático e interesante que había conocido.

Renzo giró un momento la cabeza para mirarla.

–*Madonna mia*... –murmuró–. Sé lo que intentas; me estás provocando para que pare en el área de descanso más próxima y te haga el amor aquí mismo, en el coche.

–Renzo, te estoy hablando en serio. Ese dinero...

–¡No quiero ese condenado dinero! –replicó él irritado–. Lo que quiero es que me pongas la mano en la entrepierna para que veas cómo me pones...

–No pienso tocarte mientras estás conduciendo

–le espetó ella, decepcionada de que hubiera vuelto otra vez al sexo.

Ella estaba hablándole de sus emociones, pero parecía que él solo podía pensar en eso. Quizá sí que deberían parar y hacerlo allí, en el coche. Al menos durante unos momentos el sexo le hacía olvidar lo que ansiaba y no podía tener, cosas que otras mujeres daban por sentadas, como que un hombre se enamorara de ellas y prometiera quererlas y protegerlas durante el resto de sus vidas. Haciendo un esfuerzo por apartar esos pensamientos amargos de su mente, le dijo a Renzo para cambiar de tema:

–En vez de eso, háblame del lugar adonde vamos.

–¿Crees que hablar de eso hará que deje de pensar en lo que llevas debajo de ese bonito vestido?

–Creo que deberías concentrarte en la carretera.

–Darcy, Darcy, Darcy... –murmuró él, riéndose suavemente–. ¿Te he dicho alguna vez que una de las cosas que admiro de ti es la capacidad que tienes de dar siempre una respuesta inteligente?

–La villa, Renzo, quiero que me hables de tu villa.

–Muy bien, hablemos de la villa. La casa es muy antigua, y hay un huerto de árboles frutales, y viñedos, y un olivar... De hecho, producimos unos vinos excelentes con uva Sangiovese, y vendemos nuestro aceite a algunos de los restaurantes más exclusivos de París y Londres.

Los pocos datos que acababa de darle podría haberlos sacado de la página web de una inmobiliaria, y sin saber muy bien por qué, Darcy se sintió decepcionada.

–Parece un sitio maravilloso –murmuró sin el menor entusiasmo.

–Lo es.

–Y entonces, ¿por qué vas a vender la villa?

Renzo se encogió de hombros.

–Es el momento.

–¿Por qué?

Cuando el rostro de Renzo se ensombreció y lo vio apretar la mandíbula, Darcy se dio cuenta de que eran demasiadas preguntas.

–Uno de los motivos por los que estamos bien juntos es que hasta ahora nunca me habías acribillado a preguntas –le dijo.

–Yo solo preguntaba por preguntar...

–Pues no lo hagas –la cortó él con brusquedad–. No hurgues en mis asuntos. ¿Por qué cambiar lo que hasta ahora nos ha funcionado? Además, ya hemos llegado –anunció señalando delante de ellos con la cabeza.

Pero su expresión no se suavizó ni un ápice mientras subían por el camino de tierra, flanqueado por árboles, hacia una imponente verja de hierro forjado en la que estaba escrito el nombre de la villa: *Vallombrosa*.

Capítulo 3

Y CÓMO se supone que voy a entenderme con nadie? –preguntó Darcy cuando se bajaron del coche en el soleado patio frente a la casa–. Solo sé unas pocas palabras de italiano.

–Todas las personas del servicio son bilingües –le dijo Renzo, al que ya parecía habérsele pasado aquel arranque de mal humor–. Podrás dirigirte a ellos en tu lengua materna.

Darcy respiró aliviada, y cuando entraron en la casa sonrió con cordialidad a Gisella, la anciana ama de llaves, y a su marido, Pasquale, uno de los jardineros de la villa, cuando Renzo se los presentó y les estrechó la mano. También le presentó a Stefania, una joven criada que ayudaba a Gisella con las tareas de la casa, y a Donato, el cocinero.

–Serviremos el almuerzo dentro de una hora –les dijo este–, o antes, si tienen hambre.

–Tranquilo, podemos esperar –contestó Renzo. Luego, volviéndose hacia ella, le dijo–: ¿Qué te parece si damos un pequeño paseo y te enseño la villa? Pasquale llevará nuestras maletas arriba.

Darcy asintió. Se le hacía raro que Renzo la tratase de pronto con tanta deferencia, y que acabase de presentarla al servicio como si fuera su novia, pero se recordó que no debía hacerse ilusiones, que aquello no significaba nada. Lo siguió fuera, y en cuanto empezaron a caminar se quedó embelesada con la belleza de Vallombrosa. Las abejas zumbaban entre la lavanda, y sobre sus fragantes varas moradas revoloteaban también mariposas de brillantes colores. En uno de los muros de piedra de la casa, cubierto en parte por un rosal cuajado de rosas, tomaba el sol una pequeña lagartija.

Darcy se preguntó cómo sería crecer en un lugar así, en vez de en un gris orfanato del norte de Inglaterra como ella, el único hogar que había conocido.

–¿Te gusta? –inquirió Renzo deteniéndose y girándose hacia ella.

–¿Cómo podría no gustarme? Es precioso.

–Tú sí que eres preciosa –murmuró él, girándose para mirarla.

Después de cómo había saltado en el coche, debería resistírsele, pensó Darcy, pero, cuando le puso las manos en las caderas y la besó, le fue imposible resistirse. Entre beso y beso, Renzo le propuso al oído que fuesen dentro, y, cuando llegaron al dormitorio, Darcy estaba temblando de deseo. En cuanto hubo cerrado la puerta, Renzo la atrajo hacia sí, y devoró sus labios mientras enredaba los dedos en su melena cobriza.

–Renzo... –murmuró cuando empezó a besarla en el cuello.

–¿Qué?

Darcy se humedeció los labios.

–Ya sabes qué...

–Creo que sí –murmuró él, y Darcy lo notó sonreír contra su piel–. ¿Es esto lo que quieres?

Renzo le bajó la cremallera del vestido y la ayudó a quitárselo.

–Sí, sí, eso es lo que quiero... –dijo ella con un hilo de voz.

–¿Sabes que desde la última vez que nos vimos no he podido dejar de pensar en ti? –murmuró Renzo, desabrochándole el sujetador para dejarlo caer al suelo también.

–A mí me ha pasado lo mismo... –respondió ella, alargando las manos hacia su cinturón.

Pronto estuvieron desnudos los dos. Renzo la empujó con suavidad, haciéndola caer sobre la cama, y se colocó sobre ella, besándola de nuevo.

Darcy se agarró a sus fuertes hombros cuando comenzó a frotar el pulgar contra su clítoris, y a los pocos segundos tuvo un orgasmo. Fue tan rápido que casi sintió vergüenza. Renzo se rio suavemente y, tras introducir su miembro erecto en el calor húmedo de ella, se quedó quieto un momento.

–¿Tienes idea de cuánto me gusta estar dentro de ti? –murmuró mientras empezaba a moverse.

Darcy tragó saliva.

–Creo... creo que me hago una idea...

–Me encanta poder sentirte así... –murmuró Renzo cerrando los ojos–. Solo a ti...

No había nada de romántico en sus palabras. Darcy sabía exactamente lo que quería decir. Era la primera y la única mujer con la que había decidido prescindir de preservativos. El descubrir que era virgen la había elevado a un estatus especial dentro de las mujeres con las que había estado. Él mismo se lo había dicho. Le había asegurado que era pura; le había fascinado encontrar a una mujer que a sus veinticuatro años aún no había tenido relaciones íntimas.

Poco después le había sugerido de un modo casual que podría tomar la píldora para que no tuvieran que usar preservativo, y ella había estado de acuerdo. Aún recordaba la primera vez que habían hecho el amor sin preservativo, y lo increíble que había sido sentirlo dentro de sí sin aquella «dichosa goma», como lo llamaba él, entre los dos.

Sí, sin preservativo era muchísimo más placentero, como en ese momento, con el miembro de Renzo entrando y saliendo de ella mientras la besaba sensualmente. De pronto la hizo rodar con él, haciendo que ella quedara encima, y mirándola a los ojos, le susurró:

—Cabalga sobre mí, *cara*; cabalga hasta volver a tener otro orgasmo.

Ella asintió y tensó los muslos contra las caderas de él. Le gustaba aquella postura; la hacía sentir que era ella quien tenía el control. Le encantaba ver a Renzo tumbado debajo de ella, con los ojos entornados y los labios entreabiertos mientras ella se balanceaba adelante y atrás.

Cuando lo oyó gemir de placer, inclinó la cabeza para silenciarlo con sus labios, aunque estaba bastante segura de que las paredes de aquella vieja casa eran lo bastante gruesas como para amortiguar los ruidos de dos personas practicando el sexo.

Pronto sintió que estaba llegando al límite, y el orgasmo, intenso y exquisito, le sobrevino justo un instante antes que a él, y un gemido ahogado escapó de su garganta cuando la agarró con fuerza por las caderas y, murmurando algo ininteligible en italiano, se arqueó una última vez hacia ella.

Jadeante, Darcy apoyó la frente en la almohada, junto a su cuello, y cuando por fin hubo recobrado el aliento se quitó de encima de él y se dejó caer a su lado. Se quedó un rato mirando las vigas del techo y la lámpara de cristal emplomado, que parecía tan antigua como la casa.

–Menudo recibimiento... –dijo al cabo por romper el silencio–, no habría dudado ni un momento cuando me invitaste a venir...

Renzo mantuvo los ojos cerrados y no respondió. No quería hablar; no en ese momento. En su cabeza bullían los pensamientos. Había sentido una mezcla de sentimientos encontrados al llegar a la casa, sabiendo que pronto pasaría a otras manos. Aquella casa había pertenecido durante generaciones a la familia de su madre, pero estaba llena de recuerdos dolorosos. No se podía vivir en el pasado; tenía que dejarlo ir, despedirse de aquel último fragmento del ayer al que había estado aferrándose todos esos años.

Giró la cabeza hacia Darcy, que yacía a su lado con los ojos cerrados, con el brillante cabello rojo desparramado sobre la blanca almohada. Pensó en que iba a irse a Norfolk cuando regresaran a Inglaterra y en lo extraño que se le haría no volver a verla.

–Entonces... ¿te ha gustado? El recibimiento, quiero decir –respondió al fin.

–Sabes que sí –contestó ella con voz soñolienta–, pero debería ir a recoger mi vestido del suelo para que no se arrugue, aunque creo que necesita un lavado.

–Dáselo a Gisella; ella se encargará.

–Ni hablar –replicó ella abriendo los ojos e incorporándose como impulsada por un resorte–. No voy a molestarla solo para que me lave un vestido cuando puedo hacerlo yo.

–¿Y si te dijera que preferiría que no lo hicieras?

–Me daría igual.

Él se rio y sacudió la cabeza.

–¿Por qué eres tan cabezota?

–Creía que era algo que te gustaba de mí.

–Solo cuando procede.

–O sea, cuando te conviene.

–*Esattamente* –contestó él con una sonrisa burlona.

Darcy volvió a echarse y se quedó mirando al techo. Solo porque era su invitada no iba a comportarse de pronto con aires de grandeza; no se le caerían los anillos por lavarse la ropa. No iba a intentar ser alguien que no era, porque pronto volvería a Inglaterra, al mundo humilde del que provenía y su amante millonario acabaría convirtiéndose con el tiempo en un recuerdo distante.

Pero no debería pagarlo con Renzo, que al fin y al cabo no estaba haciendo otra cosa más que comportarse tal y como era. Además, ella nunca había puesto objeciones a su arrogancia. De hecho, era un rasgo de su carácter que encontraba sexy, y que había servido de barrera para evitar que cayera por completo bajo su hechizo, que la había obligado a ser realista respecto a lo que había entre ellos, en vez de dejarse llevar por un sueño inalcanzable.

Se giró hacia él y lo besó en los labios.

–Bueno, cuéntame qué planes tienes para estos días –le dijo.

La mano de Renzo se deslizó hacia la unión de entre sus muslos.

–¿Planes? ¿Qué planes? Cuando te tengo desnuda a mi lado soy incapaz de pensar en nada que no sea...

Darcy detuvo su mano antes de que pudiera ir más lejos.

–Cuéntame algo más de la villa; y no me refiero a la producción del aceite de oliva o de vino. ¿Viviste aquí de niño?

La expresión de Renzo se tornó recelosa.

–¿A qué viene ese repentino interés?

–Me has dicho que vamos a cenar con el hombre que va a comprar la villa, y me parece que quedará un poco raro que no me hayas contado nada sobre la conexión que tienes con ella. ¿Te criaste aquí?

–No, me crie en Roma. Este era nuestro lugar de veraneo.

–¿Y? –lo instó ella, para que le contara algo más.

–La villa ha pertenecido a la familia de mi madre durante generaciones. Veníamos aquí para escapar del calor de la ciudad. Mi madre y yo pasábamos aquí todo el verano, y mi padre venía los fines de semana.

Era la primera vez que le contaba algo más sobre sí mismo; hasta ese momento lo único que había sabido de él era que era hijo único, como ella, y que sus padres ya habían fallecido.

Darcy alargó la mano y, con el índice, dibujó lentamente un círculo en su estómago.

–¿Y qué hacías cuando estabas aquí?

–Mi padre me enseñó a cazar y a pescar –le explicó Renzo–. A veces venían amigos a pasar unos días con nosotros. Éramos felices... o eso creía yo –concluyó, en un tono áspero.

Darcy tragó saliva.

–¿Pero no lo erais?

–No, no lo éramos –contestó él abruptamente–. Muy poca gente lo es.

–Supongo que tienes razón –murmuró Darcy.

Pero ella siempre había creído... ¿Qué?, se espetó a sí misma, ¿que alguien con dinero y éxito como Renzo no podía ser infeliz? Tal vez no hubiera pasado hambre o frío, pero sí podía haber sufrido por otros motivos, tal vez de tipo emocional y no físico. ¿Podría ser por eso por lo que a veces parecía tan distante, tan frío?

–¿Qué pasó? –se atrevió a preguntarle–. ¿Ocurrió algo?

–Mis padres se divorciaron cuando yo tenía siete años.

–¿Fue un divorcio muy amargo?

Él le lanzó una mirada inescrutable.

–¿No lo son todos los divorcios?

Darcy se encogió de hombros.

–Supongo que sí.

–Pues sí, y más cuando descubres que la mejor «amiga» de tu madre llevaba años teniendo un romance con tu padre –añadió él en un tono amargo.

Darcy se mordió el labio inferior.

–¿Y qué pasó?

–Después del divorcio mi padre se casó con su amante, pero mi madre jamás se recuperó de aquella doble traición –le explicó él–. Hizo todo lo posible por mantener a mi padre alejado de mí y cayó en una depresión –apretó la mandíbula–. Yo solo era un niño, y no sabía qué hacer para ayudarla. Me sentía... impotente. Solía sentarme en un rincón de la salita, jugando en silencio con mis bloques de construcción mientras ella lloraba con amargura.

–Debió de ser terrible para ti –murmuró ella.

Renzo levantó una mano para acariciarle el pecho.

–Esa es otra cosa que me encanta de ti, lo compasiva y dulce que eres.

Darcy tenía la impresión de que Renzo era uno de esos hombres que dividían a las mujeres en dos categorías: santas, o putas, y parecía que a ella la había metido en la primera, probablemente porque había sido virgen hasta que lo había conocido. Sin embargo, se quedaría desconcertado si supiera el motivo por el cual no se había acostado con nadie hasta entonces.

Aunque no dejaba de ser algo traumático que un hombre casado le fuera infiel a su esposa como había hecho su padre, ella podría contarle cosas de su vida que harían que su propia historia pareciera un cuento para niños.

–¿Y qué hizo que te decidieras a vender la villa? –le preguntó, cambiando de tema.

Renzo se quedó callado un momento.

–Mi madrastra murió el año pasado. Siempre quiso esta casa, y durante todos estos años me negué a vendérsela, pero ahora que ha muerto es como si hubiera muerto con ella mi afán por conservarla. Además, yo apenas vengo por aquí, y está pensada para una familia, no para un soltero.

–¿Y no te gustaría formar una familia?

–Con todo lo que pasé con el divorcio de mis padres no me quedaron muchas ganas –respondió él en un tono frío–. Me imagino que lo entiendes, ¿no?

Darcy asintió. Sí, lo entendía perfectamente, entendía que estaba dándole un aviso, una advertencia de que no debía hacerse ilusiones, de que aunque la hubiese llevado allí a pasar el fin de semana con él como si fuese su novia, nada había cambiado. Ella esbozó una sonrisa forzada para fingir que no le importaba.

–¿No deberíamos ir preparándonos para el almuerzo? –inquirió, y la voz le tembló un poco cuando la mano de Renzo dejó su pecho para deslizarse hacia su vientre–. ¿No... no dijo Donato que lo tendría listo dentro de una hora?

El tacto de la piel de Darcy alejó todo pensamiento de la mente de Renzo y se apoderó de él un deseo imperioso, la clase de deseo que lo anulaba todo excepto la búsqueda de placer para satisfacerlo.

Le había contado cosas que normalmente no le contaba a nadie, pero lo había hecho porque Darcy no solía hacerle demasiadas preguntas, porque sabía, como ella le había dicho, que su intención no era entrometerse en su vida.

Sin embargo, quería que le quedara claro que no habría más confidencias, que solo había una razón por la que la había llevado allí, y el brillo expectante de los ojos de Darcy, que reflejaban su propio deseo, le dijo que estaba empezando a captar el mensaje.

Mientras miraba a la preciosa camarera que parecía entenderlo mejor que cualquier otra mujer, sintió que su miembro se endurecía.

–Donato es mi empleado, y él se adapta a mis horarios, no yo a los suyos –le dijo, inclinándose para tomar uno de sus pezones en la boca.

–Renzo... –jadeó ella cerrando los ojos.

–¿Sí? –la provocó él.

–No me hagas suplicarte...

–Pero es que me gusta verte suplicar –murmuró, dibujando arabescos en la rodilla de Darcy con el índice.

–Ya lo sé.

–¿Y bien? –la instó, deslizando la mano hacia su pubis.

Darcy gimió, levantando las caderas hacia él.

–Por favor...

–Eso está mejor –Renzo se rio triunfal–. La comida puede esperar –añadió, separándole los muslos y colocándose entre ellos una vez más–, pero me temo que esto no.

Capítulo 4

¿ESTE? –preguntó Darcy levantando un vestido de tubo negro brillante. Luego levantó otro con volantes de color turquesa–. ¿O este?

–El negro –dijo Renzo, antes de seguir abrochándose la camisa.

Darcy se metió por la cabeza el vestido y suspiró, pensando en cuánto le gustaría poder parar el tiempo y que aquel fin de semana no estuviese tocando a su fin, porque estaban siendo los mejores días de toda su vida.

Habían recorrido el vasto terreno que comprendía la villa, subiendo por los caminos de tierra de las colinas, ¡al final había hecho bien llevándose sus botas!, y se habían regalado la vista con la espectacular imagen de las montañas a lo lejos. Renzo la había llevado también a un pueblo precioso llamado Panicale, y habían tomado café en una placita empedrada mientras sonaban las campanas de la iglesia.

Y aunque Renzo le había asegurado que en mayo hacía demasiado frío para nadar, Darcy le había dicho que no se iría de allí sin haberse bañado en la piscina de Vallombrosa. Nunca había tenido una piscina para ella sola. Al principio le había dado un poco de vergüenza salir al patio y ponerse allí en bikini, pero para su sorpresa al final Renzo se había unido a ella.

Tras unos cuantos largos, Darcy había dado por terminado su baño, y se había sentado en el césped, envuelta en una toalla, a admirar las fuertes brazadas de Renzo hasta que él había salido también de la piscina. Estaba de lo más sexy en bañador, uno negro tipo boxer que se ceñía a sus caderas, y se le cortó el aliento cuando se paró a sacudirse el agua del pelo, con el sol brillando sobre su piel aceitunada, antes de ir a sentarse a su lado. Estuvieron charlando un poco, pero al rato Renzo había empezado a besarla y a susurrarle cosas al oído, y entre beso y beso había conseguido convencerla y habían acabado volviendo a la casa, al dormitorio, donde habían hecho el amor, y había sido aún más increíble que de costumbre.

Esa era su última noche allí y esperaban a cenar al abogado de Renzo y su novia.

—¿Me subes la cremallera? —le pidió a Renzo.

—*Certo*.

—Entonces, a ver si me he quedado con los nombres —le dijo Darcy mientras le subía la cremallera—: tu abogado se llama Cristiano Branzi y su novia... su novia Nicoletta...

—Ramelli, Nicoletta Ramelli —le recordó Renzo, y vaciló un momento antes de añadir—: Y creo que deberías saber que hace unos años hubo algo entre nosotros.

Darcy, que estaba poniéndose los pendientes, se quedó quieta y lo miró en el espejo.

—¿Que tuviste algo con ella?

—No me mires así, *cara* —protestó Renzo—. Tengo

treinta y cinco años, y en Roma, como en todas las ciudades, los círculos sociales son más pequeños de lo que te imaginas. Además, no fue nada; solo duró unos meses.

«No fue nada»... Igual que ella no era nada para él, pensó Darcy. ¿Era aquel su patrón habitual, buscarse a una chica con la que pasarlo bien, para dejarla al cabo de unos meses cuando se cansaba de ella?, se preguntó.

Sin embargo, minutos después bajó las escaleras con Renzo decidida a no dejar que esos pensamientos le estropeasen la velada, y, cuando entraron en el salón para dar la bienvenida a sus invitados, se esforzó por dar la imagen de una mujer con confianza en sí misma.

Cristiano era un hombre corpulento de penetrantes ojos azules, y Nicoletta la mujer más hermosa que Darcy había visto jamás. Lucía un vestido negro que tenía toda la pinta de ser de firma, y un reloj de diamantes en su delgada muñeca. Darcy la observó mientras Renzo la saludaba con un par de besos en las mejillas, y lamentó no haberse puesto el vestido de color turquesa, porque yendo como iban las dos de negro, era imposible que Renzo y su abogado no las compararan. ¡Qué barato debía de parecer su vestido al lado del de ella! ¡Qué salvaje su pelirroja melena rizada, en comparación con el liso cabello negro de ella, recogido en un elegante moño! ¡Qué vulgares sus grandes pechos comparados con el grácil busto de ella!

Tomaron una copa, y luego pasaron al comedor, donde Stefania empezó a servirles cada plato del menú que les había preparado Donato, a cuál más exquisito, flores de calabacín rellenas, cangrejos blandos con *fettucine* y *crêpes* con queso crema y cerezas, acompañados con los excelentes vinos de la bodega de Vallombrosa.

—Bueno, y dinos, Darcy —la instó Nicoletta, cuando empezaron a cenar—, ¿es la primera vez que visitas Italia?

—Pues sí —respondió ella, esbozando una sonrisa.

—Ah, pero confío en que volverás en otra ocasión con Renzo, ¿no? Un fin de semana es muy poco tiempo y aquí hay tanto que ver...

Darcy miró a Renzo, y pensó que no quedaría muy bien que anunciara de repente su intención de dejar de verlo.

—Lo de viajar no va mucho con Darcy —respondió él por ella.

—¿Ah, no? —murmuró Nicoletta.

—No es que no me guste viajar —le aclaró Darcy con una sonrisa forzada—, es que no puedo permitírmelo; soy camarera.

No sabía qué le había hecho decir aquello, y no sabría decir si había sido un acto de valentía, o una estupidez. Lo que sí tenía claro era que no se avergonzaba de ser quien era, y sabía que no podía competir con aquella gente tan sofisticada con villas en la Toscana y relojes de diamantes que debían de costar una fortuna.

—¿Camarera? —Nicoletta dejó caer ruidosamente el tenedor en el plato—. Eso sí que no me lo esperaba. ¿Y cómo os conocisteis? —le preguntó a Renzo.

No le quedaba otra que inventarse que había tropezado con ella en una librería, o que un amigo de un amigo se la había presentado en una fiesta, pensó Darcy. Pero siempre le había dicho que no le gustaban las mentiras, ¿no?

–Cuando conocí a Darcy ella trabajaba en un club nocturno en Londres –dijo Renzo, para su sorpresa–. Yo había ido allí con unos amigos que estaban de paso, y ella estaba sirviendo unos cócteles en la mesa de al lado. Cuando se volvió nuestros ojos se encontraron y me quedé sin aliento.

–No me extraña –murmuró Cristiano–; es una de esas mujeres que paran el tráfico.

Darcy miró a Renzo, temiendo que las palabras de su amigo lo hubieran enfadado, pero parecía que le había gustado que le hiciera aquel cumplido. ¿Y ella? ¿Cómo se suponía que debía responder a eso? Entonces recordó el tiempo que había estado trabajando en un restaurante muy chic frecuentado por gente famosa. Cuando se acercaba a una de las mesas para llevar o retirar un plato, oía sin querer parte de su conversación, y en más de una ocasión había oído a alguno de ellos quitarle importancia a lo que se estaba hablando como si no les afectara en nada. ¿Por qué no imitarlos?

–Dejemos de hablar de mí –dijo en un tono despreocupado–. Preferiría que hablásemos de la Toscana.

–¿Te está gustando? –le preguntó Nicoletta.

–¿A quién podría no gustarle? –respondió ella–. Dudo que haya un lugar tan hermoso como este en todo el mundo.

–¿Y Vallombrosa? –inquirió Nicoletta.

–Es como una villa de ensueño. Los jardines, las

vistas... Si tuviera el dinero para comprarla, lo haría sin pensármelo dos veces. Eres un hombre con suerte, Cristiano.

–Lo sé –contestó él con una sonrisa–. Nadie puede creerse que Renzo haya decidido ponerla a la venta, después de años y años recibiendo generosas ofertas por ella. Pero se niega a contar qué es lo que le hizo cambiar de opinión.

El que a ella sí se lo hubiera contado, aunque no le hubiese dicho mucho, aún la sorprendía. Pero había visto el dolor en sus ojos cuando le había hablado del divorcio de sus padres, y comprendía que quisiese dejar atrás todos esos recuerdos.

Nicoletta siguió interrogándola, pero por suerte parecía que le gustaba más hablar de sí misma: su idílica infancia, el carísimo internado suizo al que sus padres la habían enviado, los cuatro idiomas que hablaba, las cuatro boutiques de ropa que tenía en Roma.

–Si vienes en otra ocasión tienes que decirle a Renzo que te lleve a una de ellas y te compre algo bonito –le dijo.

Darcy se preguntó si sería una sutil pulla a su vestido barato, pero trató de no pensar en ello, igual que estaba intentando no pensar en que le quedaba poco tiempo con Renzo.

Mientras él los acompañaba al coche para despedirlos, subió al dormitorio, y, cuando él entró, minutos después, ya estaba desnuda en la cama, esperándolo.

–Has estado muy bien en la cena –comentó cerrando la puerta tras de sí.

–¿Tú crees?

–Has sabido manejar muy bien la situación –respondió él mientras se desabrochaba el cinturón–, aunque estuvo fuera de lugar que le soltaras lo de tu trabajo en plan desafiante –observó, bajándose los pantalones–. No me mires así, sabes que es verdad; lo hiciste para fastidiarme. Pero a Cristiano le gustó lo que dijiste de la villa, dando a entender que había hecho una buena compra –añadió–. Por cierto, que ha dicho que va a quedarse con Gisella, Pasquale, Donato y Stefania. Se sentirán aliviados cuando se lo diga mañana. Estaban preocupados con la idea de perder su empleo después de tantos años.

–Bueno, pues como se suele decir, bien termina lo que bien acaba, ¿no?

–¿Y quién ha dicho que se ha acabado? –Renzo se subió a la cama y la atrajo hacia sí para que notara su erección–. Yo diría que la noche no ha hecho más que empezar –murmuró.

Apenas durmieron unas horas. Era como si Renzo estuviese decidido a dejar en ella un marcado recuerdo de lo increíble que era en la cama, llevándola de un orgasmo a otro. Y, cuando la tímida luz del alba empezó a invadir la habitación, la encontró estremeciéndose de placer y gimiendo extasiada, con la cabeza de Renzo entre las piernas, mientras lamía y relamía sus pliegues con la lengua.

Unas horas después, cuando entró en el comedor, Renzo ya había preparado el desayuno y estaba sentado a la mesa, leyendo el periódico.

–¿Por qué no me has despertado? –se quejó Darcy–. Tengo que irme al aeropuerto.

–Volveremos juntos en mi jet –respondió él, sirviéndole una taza de café.

Darcy se sentó y alargó la mano para alcanzar el azucarero.

–No necesito que me lleves. Tengo un billete de avión para regresar como vine, con FlyCheap.

Él la miró largamente y enarcó una ceja.

–No voy a dejar que vuelvas a Londres en low-cost. Te vienes conmigo –le dijo en un tono que no admitía discusión.

Cuando llegaron a Londres tenían un coche esperándolos. Darcy vaciló y se volvió hacia Renzo.

–¿Podrías decirle al chófer que me deje en la boca de metro más cercana? –le preguntó.

Renzo frunció el ceño y apretó los labios.

–No digas tonterías, Darcy; te dejaremos en tu casa.

–Pero si no es necesario...

–Ya sé que no lo es –la cortó él, y se quedó callado un momento antes de esbozar una media sonrisa–. Además, podrías invitarme a subir y ofrecerme un café.

–¿Un café?

–Ya estamos otra vez... –murmuró él sacudiendo la cabeza–. ¿Por qué te sorprende tanto que quiera tomarme un café contigo y charlar un rato?

–Porque no lo hemos hecho nunca. Además, ¿de qué vamos a charlar? Nunca te has interesado por mi vida ni por mis cosas.

–Bueno, tal vez ahora sí me interesan –insistió él.

«Ahora ya es tarde», pensó Darcy. ¿Por qué no había hecho aquello desde el principio, cuando podría haber significado algo para ella? Se estaba comportando justo como cabía esperar de un hombre rico que conseguía todo lo que se proponía; solo quería que lo llevase a su apartamento porque era lo único que le había negado hasta ese momento y sentía curiosidad.

—Ya te he dicho que mi apartamento es muy pequeño; te sentirías tan incómodo que no querrías quedarte allí ni cinco minutos.

—¿Por qué no dejas que lo vea y juzgue por mí mismo? A menos que te avergüence, claro está.

Ella lo miró enfadada.

—No me avergüenza.

—Bueno, pues entonces... ¿dónde está el problema? —inquirió él, encogiéndose de hombros.

El problema estaba, pensó Darcy, en que para alguien como ella, que había tenido que compartir una habitación con otras chicas en el orfanato durante su infancia y adolescencia, que nunca antes había tenido intimidad, el tener un sitio propio, aunque fuese un apartamento minúsculo como aquel, era algo de un valor incalculable, como un santuario.

Pero Renzo estaba mirándola, esperando una respuesta, y no podía contarle la verdad.

—Está bien —claudicó, y subió al coche sin decir nada más.

—Vamos, pasa —le dijo Darcy a Renzo sin la menor cortesía.

Nada más entrar vio que, a lo que ella se había referido como un «apartamento» era en realidad un estudio. El salón, el comedor y la cocina eran un mismo espacio. Y... ¿también era allí donde dormía?, se preguntó, mirando con los ojos entornados la estrecha cama que había en un rincón.

Sin embargo, a pesar de la falta de espacio, no daba sensación de agobio. Estaba todo limpio y ordenado, y él, que como arquitecto apostaba por el minimalismo, aplaudió que no tuviera un montón de trastos, como otras personas.

No había fotos de familia, ni adornos baratos. Los únicos elementos decorativos eran un cactus que había en el alféizar de la ventana y un espejo. También había libros en la estantería, montones de libros.

Se volvió para mirar a Darcy. Estaba tan bonita... No se sentía preparado para dejarla ir. Pensó en lo a gusto que se sentía con ella, en cuánto le gustaba dormir con ella entre sus brazos... ¿Por qué poner fin a algo en vez de dejar que continuase hasta que se apagase la llama por sí sola? Sobre todo cuando era algo que aún le daba placer, de lo que no se había cansado.

Lanzó una mirada a la cocina.

—Bueno... ¿no vas a ofrecerme un café?

—Me temo que solo tengo café instantáneo.

Renzo se contuvo para no contraer el rostro.

—Entonces, mejor un vaso de agua.

Darcy fue al fregadero a llenar un vaso, no recordaba cuándo había sido la última vez que había bebido agua del grifo, y luego le añadió un par de cubitos de hielo. Cuando se lo tendió, Renzo tomó un sorbo y lo dejó sobre la mesa.

—Lo he pasado bien este fin de semana –le dijo.

—Yo también –murmuró ella–. De hecho, mejor que bien –añadió con una sonrisa–. Gracias.

Se quedaron un momento en silencio.

–Escucha, Darcy, lo de mudarte a Norfolk... no sé, me parece un poco... precipitado. ¿Por qué no te quedas en Londres un poco más?

–Ya te he dicho por qué, y ahora que has visto dónde vivo, me imagino que estarás de acuerdo conmigo en que puedo aspirar a algo mejor. Quiero empezar una vida distinta.

–Sí, lo entiendo. Pero... ¿y si te dijera que tengo un apartamento que podrías utilizar, mucho más grande y más cómodo que este?

–¿Cómo? ¿Así de fácil? Déjame adivinar –los ojos de color esmeralda de Darcy se clavaron en él–: si no tuvieras un apartamento vacío, serías capaz de encontrarme uno por arte de magia. Te bastaría con pedirle a uno de tus empleados que, de forma discreta, te buscase uno para que tú pagases el alquiler y yo viviera en él. Gracias, pero no. No quiero ser una mantenida y convertirme en el estereotipo de amante de un hombre rico.

Su cabezonería lo enfureció, pero también reforzó su admiración por ella. ¿Cómo podía una mujer que tenía tan poco, mostrarse tan orgullosa y firme, y rehusar una oferta que cualquiera en su lugar aceptaría sin dudar? Resoplando y sacudiendo la cabeza, fue hasta la ventana y se quedó mirando el muro de ladrillo al que se asomaba. Se preguntó cómo sería despertarse cada mañana con esa vista tan deprimente antes de ponerse un feo uniforme y pasar el resto del día sirviendo mesas. Se volvió hacia Darcy.

–¿Y si te pidiera simplemente que retrasases un poco tu marcha a Norfolk?

Ella enarcó las cejas.

–¿Para qué?

–¡Vamos, Darcy! Ya no eres la chica ingenua a la que conocí hace meses. Creo que te he enseñado unas cuantas cosas desde entonces...

–Sí, claro, ¿cómo he podido olvidarme? Debería nominarte a mejor maestro en iniciación al sexo, si son alabanzas lo que buscas.

Renzo se rio suavemente, excitado por esa insolencia que nadie más se había atrevido a exhibir ante él. Advirtió el recelo en su expresión cuando dio un paso hacia ella, pero también vio cómo se oscurecían sus ojos, y lo tensa que se había puesto de repente, como si estuviese haciendo un enorme esfuerzo por no ceder a la atracción que sentía por él. Y él conocía lo bastante bien a las mujeres como para saber que lo que había entre ellos no se había acabado; aún no.

–No quiero alabanzas –murmuró–. Tú eres lo único que quiero, y no estoy preparado para dejarte ir –alargó una mano hacia sus rizos rebeldes, y sintió cómo el deseo se apoderaba de él cuando la atrajo hacia sí–. ¿Y si te dijera que disfruto tanto de tu compañía en la cama como fuera de ella, y que me gustaría hacer más cosas contigo, como este fin de semana? Podríamos ir al teatro, o a una fiesta o dos. A lo mejor he sido un poco egoísta guardándote solo para mí y ahora quiero presumir de ti ante el mundo.

–Lo dices como si hubiera pasado una prueba –apuntó ella irritada.

–Puede que sí –se limitó a responder él.

Darcy estaba indecisa. Las palabras de Renzo albergaban tanto peligro... No estaba segura de querer acompañarlo a actos públicos. ¿Y si alguien la recordaba? ¿Y si alguien sabía quién era en realidad? Y, sin embargo, la verdad era que Renzo solo estaba dando voz a lo que ella había estado pensando, a algo que no conseguía negar, por más que lo intentaba; que ella tampoco se sentía preparada para alejarse de él.

–¿Y si te diera una llave de mi apartamento? –le propuso Renzo, interrumpiendo sus pensamientos.

–¿Una llave? –repitió ella.

–¿Por qué no? Y, para que lo sepas, no voy por ahí dándole una llave a cualquiera. Soy muy celoso de mi intimidad.

–¿Y por qué yo? ¿A qué debo este gran honor?

–Porque tú nunca me has pedido nada –respondió él en un tono quedo–, y eso es algo que nadie había hecho antes.

Darcy intentó decirse que esa deferencia hacia ella solo se debía a un arranque de curiosidad, a que, como otros hombres ricos, lo intrigaba aquello que se salía de la norma, todo lo que era una novedad.

No, no podía ser solo eso, se replicó. El que estuviera dispuesto a darle una llave de su apartamento, aunque solo fuera algo temporal, ¿no era una muestra de que confiaba en ella? La confianza era lo más preciado, y también lo más frágil, que uno podía recibir de otra persona, y más en el caso de Renzo, con lo desconfiado que parecía hacia el sexo femenino en general.

Se humedeció los labios, tentada de un modo irracional. ¿Qué le impedía decir que sí? Había huido de su vida en el norte, había dejado atrás el oscuro pasado que no quería recordar, y se había convertido en

otra persona. Se había apuntado a unas clases noctur-
nas para compensar la educación incompleta que
había recibido, y gracias a su disposición alegre había conseguido encontrar trabajo como camarera. No
estaba segura de qué quería hacer con su vida, pero
sí sabía que estaba en el camino.

Además, se había marchado de Manchester a los
dieciséis años. ¿Cómo iba a acordarse de ella nadie
después de tanto tiempo? ¿Y no se merecía divertirse
un poco cuando se le presentaba la ocasión?

Renzo estaba observándola con los ojos entornados, sin duda excitado por su indecisión, pero no estaba jugando con él. Era verdad que no sabía qué hacer. Estaba convencida de que tenía que poner fin a
aquello, pero renunciar a él no era tan sencillo como
había creído que sería.

En ese momento, entre los fuertes brazos de Renzo,
se le antojaba imposible alejarse de él.

–Di que sí, Darcy –la instó él, acariciando sus labios con su cálido aliento–. Quédate un poco más conmigo.

Estaba acariciándole el pecho, y, cuando le fla-
quearon las rodillas, Darcy supo que resistirse a él era
imposible.

–De acuerdo –murmuró cerrando los ojos mientras Renzo empezaba a subirle el vestido–, me que-
daré... un poco más.

Capítulo 5

LA LIMUSINA se detuvo frente al hotel Granchester. Darcy nunca había estado tan preciosa como esa noche, pensó Renzo devorándola con los ojos.

Durante todos esos meses había intentado persuadirla de que las cosas serían más fáciles si le permitiera que se ocupase de ella y dejase su mísero trabajo de camarera, pero se negaba obstinadamente a hacerle caso.

Pero por una vez había conseguido una pequeña victoria, aunque le había costado lo suyo; había logrado convencerla para que fueran a una modista y le hiciesen un vestido para el baile que él había organizado esa noche para recaudar fondos para un proyecto de su fundación benéfica.

El vestido, verde esmeralda, como sus ojos, le quedaba como un guante, pero se la veía tensa. Era evidente que seguía molesta por que la hubiese presionado para que accediese a que le hicieran aquel vestido. Su perpetua obstinación, que en un principio había encontrado divertida e interesante, estaba empezando a exasperarlo.

–Pareces una princesa de cuento de hadas. Pero

podrías sonreír un poco; cualquiera diría que vas camino del cadalso en vez de a un baile –observó.

–No soy una princesa –repuso ella–. Soy una camarera con un vestido que ha costado lo que gano en tres meses. Y ya que mencionas los cuentos de hadas, si quieres saberlo, me siento como Cenicienta.

–Ah, pero la diferencia es que tu vestido no se convertirá en harapos a medianoche, *cara*. Y cuando den las doce ya no estaremos aquí, sino a solas, en un lugar mucho más íntimo, haciendo el amor. Así que borra esa cara de preocupación y sonríe, anda.

Darcy esbozó una sonrisa, sintiéndose como una marioneta. Uno de los empleados del hotel se acercó a abrirle la puerta y ella se bajó del coche con cuidado para no pisarse la falda del vestido. Inspiró temblorosa mientras esperaba a Renzo. Estaba hecha un manojo de nervios; estaba empezando a darse cuenta de que estaba atrapada en una especie de limbo. Era como si estuviese viviendo en un extraño mundo paralelo que no era real, y como si estuviese encerrada allí por su incapacidad para alejarse de un hombre que no le convenía.

El problema era que las cosas estaban cambiando. No sabía cómo no se había dado cuenta de que aceptar la llave que Renzo le había dado de su apartamento reforzaría la conexión entre ambos y le haría aún más difícil cortar los lazos que la unían a él. Además, prácticamente estaba viviendo con él. Pasaba más tiempo en el apartamento de Renzo que en el suyo.

Oyó a Renzo diciéndole a su chófer que se tomase el resto de la noche libre, que tomarían un taxi para volver a casa, y Darcy deseó que no fuese tan amable con sus empleados, con razón todos lo admiraban, porque no necesitaba más motivos para sentirse atraída por él. Había sido un error acceder a quedarse más tiempo, y se sentía extraña con todas aquellas salidas a la ópera, al teatro, a fiestas...

Renzo la tomó del brazo y la condujo hacia la escalinata de mármol, cubierta por una alfombra roja, con fotógrafos apiñados a ambos lados. Sabía que no había modo de evitarlos, pero estaba segura de que no se fijarían en ella, que estarían más pendientes de otros invitados que, al contrario que ella, eran famosos e importantes.

Sin embargo, de pronto empezaron a saltar los flashes a su paso, y un cámara de televisión la enfocó. Se sentía como un zorro acosado por los perros de los cazadores, y un profundo alivio la invadió cuando entraron en el edificio.

El inmenso salón de baile del hotel había sido decorado con jarrones de ramas de cerezo de flores blancas y rosas que simbolizaban la esperanza que la fundación de Renzo llevaba a los niños que vivían en zonas del mundo asoladas por la guerra. Sobre un estrado había un cuarteto de cuerda tocando mientras los invitados, elegantemente vestidos, charlaban en pequeños grupos mientras esperaban, tomando una copa y los aperitivos que les ofrecían los camareros, a que diera comienzo la cena, que había sido preparada por renombrados chefs.

Pero, cuando le pusieron delante el primer plato, Darcy, que tenía el estómago revuelto, se limitó a empujar la comida por el plato con el tenedor. Renzo no pareció fijarse, o al menos no la regañó por su falta de apetito, como solía hacer cuando veía que no estaba comiendo mucho. Estaba demasiado ocupado hablando con los otros invitados sentados a su mesa.

Darcy se excusó un momento para ir al baño y, tras refrescarse la cara con un poco de agua fría, decidió que iba a intentar dejar de preocuparse y disfrutar de la fiesta. Volvió a la mesa, se esforzó por tomar parte en la conversación, y cuando Renzo le preguntó si le apetecía bailar asintió de inmediato con una sonrisa.

Se sentía en el paraíso girando en sus brazos. Así, pegados el uno al otro, eran como esos juegos de salero y pimentero que encajaban el uno con el otro, como si estuvieran hechos para estar juntos. Pero no era así, y sabía que aquello no podía continuar.

La había convencido para que se quedara un poco más, pero cuanto más se quedase, más obligada se sentiría a contarle la verdad, a hablarle de su pasado, a confesarle que era la hija de una yonqui y todo lo demás.

Probablemente, Renzo pondría fin de inmediato a su relación y no querría volver a verla. Ella se quedaría destrozada, pero lo superaría porque el tiempo curaba todas las heridas. Y siempre sería mejor que obligarse a alejarse de él y vivir atormentada por la esperanza de que tal vez lo suyo podría haber funcionado.

–Bueno, ¿y cómo está la mujer más hermosa de la fiesta? –le preguntó Renzo, e inclinó la cabeza para susurrarle al oído–: ¿Lo estás pasando bien?

Ella cerró los ojos e inspiró, inhalando el aroma de su colonia.

–Sí.

–Entonces, ¿no está siendo tan horrible como pensaste que sería?

–No, me estoy divirtiendo.

–¿Y crees que te gustaría venir conmigo a otros eventos así?

–Si me convences, tal vez.

Renzo esbozó una sonrisa.

–Seguro que lo conseguiré –murmuró–. Ven, vamos a sentarnos; la subasta está a punto de comenzar.

Era el acto principal del evento, una subasta de distintos lotes que habían sido donados para recaudar fondos para el proyecto benéfico de la Fundación Sabatini: unas vacaciones en Isla Mauricio, un palco en el Teatro Real de la Ópera de Londres... todos fueron adjudicados por sumas exorbitantes.

Darcy, que estaba perdida en sus pensamientos mientras se desarrollaba la subasta, apenas se fijó en que de vez en cuando Renzo levantaba la mano para hacer una puja, pero de pronto todo el mundo se puso a aplaudir y a girarse hacia ellos, y fue entonces cuando se dio cuenta de que Renzo había ofrecido la puja más alta por el increíble collar de diamantes que estaban subastando en ese momento.

El ayudante del subastador se acercó para que le firmase un cheque y le entregó el collar en medio de nuevos aplausos. Con la gente observándola y las mejillas teñidas de rubor, Darcy aguardó en silencio mientras Renzo se lo abrochaba al cuello.

–Deberían ser esmeraldas para que hicieran juego con tus ojos –murmuró él–, pero es bonito, ¿no? ¿Te gusta, *cara*? —le preguntó, echándose hacia atrás para contemplar mejor el resultado.

Darcy no podía sentirse más incómoda. En vez de un collar parecía el nudo de la horca, pero difícilmente habría podido protestar, con los fotógrafos disparando sus flashes y todo el mundo mirando. Tenía la frente perlada de sudor, se sentía mareada, y solo pudo volver a respirar con normalidad cuando por fin continuó la subasta.

—¿Sabes que no puedo aceptar esto? —le siseó a Renzo, tocando las piedras del collar con las yemas de los dedos.

—¿Y tú que no voy a dejar que me lo devuelvas? —le espetó él. Luego, en un tono suave como una caricia, añadió en voz baja—: Es un regalo por todo el placer que me das y quiero que te lo quedes.

Normalmente, ese tono la habría hecho derretirse por dentro, pero había sonado como si el collar fuese un pago por sus servicios. Sintió una punzada en el pecho. ¿Era así como la veía, como si fuese una especie de prostituta de lujo?

Y, sin embargo, ¿no estaba reaccionando como una hipócrita? Al fin y al cabo, no le había dicho que no cuando le había dado una llave de su apartamento. Y tampoco cuando la había llevado a una modista para que le hicieran el vestido que tenía puesto. Ese vestido y los zapatos también los había pagado con su dinero.

Una especie de miedo se apoderó de ella, y en ese instante supo que no podía seguir dejándolo correr. Tenía que contarle lo de su madre, lo del orfanato y todo lo demás. Tenía que explicarle su aversión a aceptar regalos y cortar aquella relación porque así al menos pondría fin a la incertidumbre que la agitaba.

Pero, cuando abandonaron la fiesta y subieron a un taxi, Renzo la besó como si estuvieran a solas, y cuando llegaron a su apartamento volvió a besarla y entre beso y beso le quitó el collar, lo arrojó a la mesita donde estaba la lámpara, y empezó a desvestirla. Le hizo el amor allí mismo, en el sofá, y luego la llevó al dormitorio y volvieron a hacerlo. Darcy sabía que debería hablar con él, que no debería seguir postergándolo, pero... ¿quién querría hablar del pasado en un momento así?

Como había pedido el día libre en el trabajo, Darcy se quedó remoloneando en la cama, y para cuando se levantó ya era mediodía y Renzo se había ido a la oficina. Y todavía no se lo había dicho.

Se dio una ducha y se vistió, pero volvía a tener el estómago revuelto, y solo se tomó una infusión de poleo menta para desayunar. Renzo había dejado el periódico en la mesa de la cocina, y lo hojeó nerviosa hasta que llegó a las páginas de sociedad. Le dio un vuelco el corazón al ver una foto suya, con el vestido esmeralda y el collar de diamantes, y Renzo de pie tras ella, con las manos en sus hombros en un gesto posesivo y una sonrisa lobuna en los labios.

Cerró el periódico y se levantó alterada. Estaba reaccionando como una paranoica, se dijo intentando tranquilizarse. ¿Quién iba a fijarse en aquella foto? Y más aún: ¿a quién podía importarle que saliera en el periódico?

Salió a dar un paseo, compró naranjas para hacer

zumo, y estaba tomándose una tostada cuando sonó el timbre de la puerta. Frunció el ceño. ¿Quién podría ser a esa hora, un día entre semana?

Fue hasta la puerta y pulsó el botón del intercomunicador.

—¿Sí?

—¿Eres Darcy Denton? —preguntó una voz masculina con acento de Manchester.

—¿Quién es? —inquirió ella con aspereza.

—Un viejo amigo tuyo; Drake Bradley.

Por un momento, Darcy creyó que iba a desmayarse. ¿Drake Bradley? ¿Cómo sabía que estaba allí? ¿Y cómo había conseguido la dirección? Pensó en hacerse pasar por otra persona, por la asistenta tal vez, o no responder, pero Drake Bradley, el abusador del orfanato en el que había crecido, no se daría por vencido. Si se negaba a hablar con él, sería capaz de quedarse esperando hasta que Renzo volviera, y no le resultaba difícil imaginar lo que le contaría de ella. Temblorosa, se inclinó hacia el panel del intercomunicador y preguntó:

—¿Qué quieres?

—Tan solo unos minutos de tu tiempo. Vamos, Darcy, solo será un momento.

Diciéndose que lo mejor sería enfrentarse a él, inspiró y abrió la puerta. Un escalofrío le recorrió la espalda nada más ver al hombre que estaba frente a ella. Aunque habían pasado diez años y tenía entradas, su cara picada y la sonrisa cruel de sus labios habrían hecho que lo reconociera de inmediato.

—¿Qué quieres? —volvió a preguntarle.

—¡Vaya un recibimiento! ¿Qué pasa, Darcy?, ¿no

vas a invitarme a entrar? ¿No será que te avergüenzas de mí?

Seguía siendo igual de enclenque, y la ropa que llevaba le quedaba grande. Tenía las uñas sucias y en los nudillos de la mano izquierda tenía tatuada en letras mayúsculas la palabra «ODIO». Su aspecto no inspiraba precisamente confianza, pero ¿quién era ella para juzgarlo? No era más que otro superviviente de un hogar roto, como ella. Cuando menos se merecía un mínimo de hospitalidad.

Se hizo a un lado para dejarlo pasar, y Drake entró, dejando tras de sí un pestazo a tabaco y sudor. La siguió al enorme salón y paseó la mirada a su alrededor con un largo silbido.

–Vayaaa... Quien a buen árbol se arrima, buena sombra le cobija, ¿eh, Darcy?

–¿Vas a decirme a qué has venido?

Drake la miró con los ojos entornados.

–¿No vas a ofrecerme siquiera algo de beber? Fuera hace bastante calor, y mataría por un trago.

Darcy se humedeció los labios. Mejor no soliviantarlo, pensó. Solo tendría que aguantarlo unos minutos y después se iría.

–¿Qué quieres tomar?

–¿Una cerveza?

Darcy fue a la cocina y volvió con un botellín de cerveza y un vaso, pero él rechazó el vaso y bebió a morro de la botella.

–¿Cómo me has encontrado? –inquirió ella, con el vaso vacío entre las manos.

Drake se dejó caer en el sofá y apoyó el brazo en el respaldo, como si la casa fuera suya.

–Te vi en las noticias anoche, entrando en ese hotel, con toda esa gente rica y famosa –le explicó–. Al principio no me podía creer lo que veían mis ojos y pensé: «No, esa no puede ser Darcy. ¿Darcy Denton, la hija de una furcia de Manchester, del brazo de un ricachón como Sabatini?». Pero me di cuenta de que sí eras tú, y decidí ir allí. Estuve esperando fuera hasta que salisteis. Se me da bien agazaparme en las sombras –añadió con una sonrisa diabólica–. Oí la dirección que Sabatini le dio al taxista, y decidí venir a hacerte una visita para recordar juntos los viejos tiempos.

Aunque se sentía como si tuviera el corazón en la garganta, Darcy intentó que su voz sonara despreocupada.

–Aún no me has dicho qué es lo que quieres.

La sonrisa de Drake se tornó calculadora.

–Has pescado a un buen ejemplar; seguro que para ti no sería un gran sacrificio echarle una mano a un viejo amigo.

–¿Me estás pidiendo dinero?

Drake hizo una mueca desdeñosa.

–¿Tú qué crees?

Desde que había empezado a trabajar, Darcy había estado ahorrando como una ardillita el dinero que podía, pero lo que tenía en el banco no era gran cosa, y sabía que, cuando se cedía al chantaje una vez, era como abrir las compuertas de una presa.

Además, puesto que ya había decidido hablarle a Renzo de su pasado, ¿por qué tendría que dejarse chantajear? De hecho, aquel podría ser el empujón que necesitaba para hacerlo para averiguar si, cuando descubriese quién era en realidad, aún la querría a su lado. De pronto se notaba la boca seca. ¿Se atrevería a arriesgarse? No le quedaba otra opción.

Echó los hombros hacia atrás, y mirando al taimado Drake a los ojos, le dijo:

—No me sacarás ningún dinero. Quiero que te marches, y que no vuelvas por aquí.

Los labios de Drake se curvaron en una sonrisa desagradable.

—Tú misma —dijo encogiéndose de hombros, antes de levantarse.

Darcy lo siguió hasta la puerta y, cuando salió y cerró, echando el pestillo y la cadena, pudo volver a respirar al fin. Sin embargo, si no hubiese estado tan ansiosa por perderlo de vista, tal vez se habría preguntado por qué Drake había claudicado tan rápido...

Renzo entornó los ojos al cruzarse en el pasillo con un tipo mal encarado y con la cara picada y frunció el ceño. ¿Sería un repartidor que había ido a entregar un paquete o un certificado? Con las pintas que llevaba desde luego no lo parecía. Se quedó un momento mirándolo con recelo mientras se alejaba. Había algo en él que le daba mala espina, y aunque no sabía qué era, bastó para ensombrecer el buen humor que había hecho que se fuese temprano de la oficina, ante el asombro de su secretaria.

La verdad era que él también se había sorprendido a sí mismo. No solía tomarse la mitad del día libre, pero le apetecía pasar el resto de la tarde con Darcy, meterse en la cama con ella, enredar los dedos en su sedoso pelo rizado, hundirse en ella mientras devoraba sus pechos...

Además, había recibido un mensaje urgente de su abogado, recordándole que tenía que asegurar el collar por el que había pagado una fortuna la noche anterior.

Cuando entró en el apartamento, Darcy, que estaba sentada en el salón, se levantó como impulsada por un resorte. Había fantaseado con encontrarla vestida únicamente con el body negro de satén y las medias de seda a juego que le había comprado hacía poco, pero llevaba unos vaqueros y una camiseta ancha, estaba pálida, y lo miraba con los ojos muy abiertos, como si se sintiese culpable por algo.

—¡Renzo! —exclamó, esbozando una sonrisa forzada—. No te esperaba tan pronto.

—Ya lo veo —murmuró él, dejando su maletín en el suelo—. ¿Quién era ese tipo?

—¿Qué tipo? —inquirió ella con voz temblorosa.

Allí había algo raro...

—El tipo con el que me he cruzado en el pasillo. Tenía la cara picada y olía mal. ¿Quién era ese hombre, Darcy?

Al ver a Renzo mirándola de un modo acusador, Darcy supo que las cosas no podían seguir así; tenía que contarle la verdad.

—Hay algo que tengo que decirte.

Tragó saliva; no sabía por dónde empezar.

—Habla —la instó Renzo.

Darcy se sentía como si la hubiesen puesto delante de un auditorio abarrotado de gente. En todos esos años no había hablado de aquello, no se lo había contado a nadie. Lo había enterrado en lo más profundo de su alma, pero tenía que sacarlo fuera antes de que Renzo perdiese la paciencia.

–Ese hombre... es alguien de mi pasado.

–¿Qué quieres decir?

–Durante parte de mi infancia y hasta que fui mayor de edad estuve viviendo en un orfanato en Manchester.

Renzo entornó los ojos.

–¿Qué les pasó a tus padres?

De pronto, a Darcy le sudaban las manos. Aquella era la pregunta que tanto había temido. Y era irónico porque, el que Renzo no le hubiera hecho esa pregunta hasta ese momento, no hacía sino confirmar lo superficial que era su relación. Cuando se habían conocido le había dicho que no tenía padres, y él jamás se había molestado en preguntarle nada más, ni se había interesado por saber más de ella, ni de su pasado.

–Soy hija ilegítima –dijo sin tapujos–. No sé quién era mi padre, y mi madre tampoco lo sabía. Y en cuanto a ella... los servicios sociales consideraron que no era apta para ocuparse de mí y me apartaron de ella.

–¿Por qué?

–Tenía... –Darcy vaciló un momento antes de terminar la frase–. Tenía problemas con las drogas. Era una yonqui.

Renzo exhaló un largo suspiro, y Darcy escrutó su rostro, con la esperanza de hallar algo de compasión, pero su expresión permaneció impasible y sus ojos negros la recorrieron como si fuera la primera vez que la veía y no le gustase lo que estaba viendo.

–¿Por qué no me lo contaste antes?

–Porque tú no me lo preguntaste. ¡Y no lo hiciste porque no querías saberlo! –exclamó ella–. Desde el principio me dejaste muy claro que no íbamos a tener la clase de relación en la que tienen cabida las cuestiones personales. Lo único que querías era... sexo.

Se quedó esperando a que lo negara, a que le dijera que había algo más que el sexo, pero no lo hizo. De pronto, Renzo giró la cabeza y se quedó mirando algo con el ceño fruncido. Darcy giró la cabeza también, pero no vio nada anormal, solo la mesita con la lámpara.

–¿Y el collar? –inquirió Renzo.

Los pensamientos se agolparon en la mente de Darcy. Se había olvidado por completo del collar. No recordaba habérselo llevado de allí esa mañana, cuando había ido a recoger su ropa del suelo del salón. ¿Podría ser que hubiese estado tan abstraída en sus pensamientos que se lo hubiese llevado al dormitorio y no lo recordase? No, estaba segura de que no lo... De pronto, le dio un vuelco el corazón... ¡Drake! Se le secó la garganta al recordar que lo había dejado solo en el salón cuando había ido a la cocina a por una cerveza... y lo rápido que se había marchado después de que se negara a ceder a su chantaje. ¿Habría robado él el collar? Pues claro que había sido él...

–Yo no... –comenzó a balbucear.

–¿Ha sido tu amigo? –la interrumpió Renzo con aspereza.

–No es mi...

–¿Qué pasa, Darcy? –volvió a cortarla él, mirándola con desdén–. ¿Te he estropeado el plan al volver antes de tiempo?

–¿Plan? ¿Qué plan?

–¡Vamos! No te hagas ahora la tonta... ¿Piensas que voy a tragarme que tú no tienes nada que ver?, ¿que no lo habíais planeado juntos?

Darcy lo miró aturdida.

–¿No me creerás de verdad capaz de algo así?

–¿Que no? Me embrujaron tus ojos y tu cuerpo, pero ahora lo veo todo con claridad –murmuró Renzo, y sacudió la cabeza–. Y estoy empezando a preguntarme si no sería esto lo que tenías en mente desde el principio.

Un escalofrío recorrió a Darcy.

–¿De qué estás hablando? –inquirió en un susurro.

–Más de una vez me he preguntado –masculló Renzo– qué podrías darle a un hombre que lo tiene todo. ¿Otra casa, o un coche más rápido? –sacudió la cabeza–. No, lo material no tiene ningún valor cuando se tiene de sobra. Pero la inocencia... eso es una cosa muy distinta.

–No entiendo dónde quieres ir a parar.

–Piénsalo –le dijo Renzo–. ¿Cuál es la posesión más preciada de una mujer, *cara mia*? –le preguntó, y aquellas dos palabras en italiano sonaron afiladas, cargadas de veneno–. Sí, veo que empiezas a comprenderlo. La virginidad es el bien más preciado; lo ha sido desde la antigüedad.

–Estás desvariando –murmuró ella, dolida por lo que estaba sugiriendo.

–A veces me he preguntado –continuó Renzo en

el mismo tono deshumanizado–, por qué una mujer tan hermosa y sensual como tú, alguien sin blanca y con un trabajo sin futuro, no había aprovechado su cuerpo para sacarle los cuartos a cualquier tipo con dinero...

La desesperación de Darcy se transformó en indignación.

–¿Te refieres a... sexo a cambio de que me mantuvieran?

–¿Por qué me miras así? ¿Acaso no es lo que hacen ciertas mujeres, vivir a costa de un hombre, como sanguijuelas? –la miró de arriba abajo–. Pero tú has sido más lista. Creo que decidiste negarte los placeres del sexo porque tenías en mente un premio más jugoso. Estabas esperando a que cayera en tus redes el hombre más rico que pudieras encontrar, alguien que se quedara impresionado por tu extraordinaria belleza y por tu inocencia, algo muy raro en estos días –esbozó una sonrisa cínica–. Sí, has sido muy lista. Creo que intuías que tus enérgicas muestras de orgullo me engañarían, y por eso rechazabas mis regalos. Te compraste ropa barata y un billete de ida y vuelta en low-cost con aquel dinero que te di, y te ofreciste en un gesto casi heroico, a devolverme lo que había sobrado. ¡Qué conmovedor! La pobre camarera ofreciéndole al insensible millonario un puñado de billetes. Y yo, idiota de mí, fui y me tragué el anzuelo.

–¡No fue así! –se defendió ella con fiereza.

–Debiste de pensar que te había tocado la lotería cuando te di la llave de mi apartamento y te compré ese collar de diamantes –le espetó él sin escucharla–.

Igual que me pasó a mí cuando te entregaste a mí y descubrí que eras virgen. Se me subió a la cabeza haber sido el primero en poseerte y cerré los ojos a la realidad. ¿Cómo he podido estar tan ciego?

A Darcy le daba vueltas la cabeza, y volvió a sentir que se le revolvía el estómago y le entraban náuseas.

—No... nada de eso es...

—Guárdate tus mentiras —la cortó él—; no quiero oírlas. Sé que lo único que lamentas es que haya llegado antes de tiempo y te haya descubierto. ¿Cómo ibas a explicar la ausencia del collar, Darcy? ¿Ibas a fingir que alguien había entrado a robar aprovechando que habías salido a comprar algo? ¿O ibas a echarle la culpa a la mujer de la limpieza?

—¿Me crees capaz de eso?

—No sé de lo que eres capaz, pero ahora vas a escuchar lo que te voy a decir: voy a salir, y para cuando vuelva te quiero fuera de aquí. No quiero que dejes nada tuyo, ni una media, y no quiero volver a verte. ¿Entendido? Y por lo que a mí respecta, puedes quedarte con el maldito collar.

—¿No vas a ir a la policía?

—¿Y que todo el mundo sepa con qué clase de mujer he estado todos estos meses, y la clase de compañías con las que anda? —le espetó él—. Eso le iría muy bien a mi reputación, ya lo creo. Vende el collar y haz lo que pensaras hacer con el dinero —se quedó callado un momento y la miró repugnado de arriba abajo—. Considéralo el pago por los servicios prestados.

Aquello fue la puntilla. Estaba mareada, le flaqueaban las rodillas, y le zumbaban los oídos. Alargó la mano hacia una silla para agarrarse al respaldo, pero se le escapó y cayó de rodillas sobre la alfombra.

La voz de Renzo parecía llegar de muy lejos.

–Y ahórrate todo ese teatro –le espetó–; no me hará cambiar de opinión.

Oyó sus pasos alejarse, el ruido de la puerta abriéndose y cerrándose, y, cuando la oscuridad la envolvió, supo que estaba perdiendo el conocimiento.

Capítulo 6

NO PUEDES seguir así, Darcy.

El tono de la matrona, amable a la vez que severo, hizo que a Darcy le temblaran los labios. Las personas que habían pasado por su vida no la habían tratado con mucha amabilidad, y cuando alguien se mostraba amable con ella le entraban ganas de llorar. Pero no podía desmoronarse, no podía...

Se llevó la mano al hinchado abdomen.

–¿Seguro que el bebé está bien? –le preguntó por cuarta vez.

–El bebé está perfectamente, mira la ecografía –le aseguró la matrona–. Tal vez un poco pequeño, pero está bien, no como tú. Estás extenuada –continuó la oronda mujer, frunciendo el ceño–. Trabajas demasiado y se ve que no estás comiendo bien. Anda, súbete la manga para que pueda tomarte la tensión.

–Intentaré cuidarme mejor –le prometió Darcy mientras hacía lo que le pedía–. Trabajaré menos horas y empezaré a tomar más verduras.

Lo haría, haría lo que fuera para asegurarse de que el embarazo llegase a buen término. Estaba bien... su bebé estaba bien... Se sentía tan aliviada, después del miedo que había pasado de camino allí en la ambulancia.

–Entonces... ¿puedo irme a casa? –preguntó mientras la matrona le colocaba el manguito.

–De eso quería hablarte. No estoy segura de que sea buena idea –dijo la mujer–, a menos que tengas a alguien que pueda cuidar de ti.

Darcy contrajo el rostro. Podría mentirle y decir que sí tenía a alguien, una hermana, o una tía, pero eso sería irresponsable por su parte porque no se trataba de ella, sino del bebé que llevaba en su vientre, pensó con un nudo en la garganta, el bebé de Renzo.

La había dejado tirada en el suelo de su apartamento, acusándola de estar haciendo teatro, pero no había sido teatro. No se había desmayado por un ataque de ansiedad, aunque le había llevado un par de semanas darse cuenta de que el motivo era otro. Fue al empezar a vomitar cada mañana cuando comprendió qué le pasaba, y se preguntó cómo podía haber sido tan tonta como para no haberlo visto hasta ese momento. Todo cuadraba: las náuseas, el estómago revuelto, la falta de apetito... y que se le estuviera retrasando la regla.

Había rogado a Dios por que estuviera equivocada, pero para sus adentros había sabido que no lo estaba. Había comprado una prueba de embarazo, y el resultado había sido el que esperaba. Con el corazón desbocado se había sentado en el cuarto de baño de su pequeño apartamento alquilado en Norfolk, y se había quedado mirando abrumada la línea azul en el aparato.

Los ojos se le llenaron de lágrimas de impotencia ante la idea de tener que llamar a Renzo para decirle que estaba embarazada. A Renzo, que la tenía por una ladrona y una estafadora, que la había mirado con un desprecio infinito... Pero eso era irrelevante, se dijo, la opinión que tuviera de ella no importaba. Tenía derecho a saber que iba a ser padre.

El problema era que no había podido decírselo. Cada vez que lo había llamado al móvil le había saltado el buzón de voz, y no le había parecido que lo correcto fuera dejarle un mensaje para darle una noticia así. También lo había llamado a la oficina y había sido una experiencia de lo más humillante. Su secretaria le había dicho, muy educadamente, eso sí, como si estuviera leyendo un guion, que el señor Sabatini no podía atenderla y que no sabría decirle cuándo estaría disponible porque era un hombre muy ocupado. Ella le había pedido que le dijese que la llamara cuando pudiera, y no se había sorprendido de que esa llamada no se hubiese producido.

—Puedo arreglármelas sola —le dijo a la matrona cuando acabó de tomarle la tensión.

La mujer sacudió la cabeza mientras le retiraba el manguito.

—Estás de veintiocho semanas, es un momento crítico en el embarazo y necesitas que alguien esté pendiente de ti. Debe de haber alguien a quien puedas recurrir. ¿Quién es el padre? Si no quieres llamarlo tú, lo haré yo.

Darcy cerró los ojos. Durante los últimos meses había hecho todo lo posible por olvidar a Renzo, por no pensar en él y concentrarse en su nueva vida en Norfolk y en su nuevo trabajo en una pequeña cafetería de la ciudad, pero no le quedaba otra opción. Tendría que tragarse el orgullo y pedirle ayuda. Haría cualquier cosa para proteger la vida de su hijo. Abrió los ojos y alzó la vista hacia la matrona, que estaba mirándola expectante.

–Se llama Renzo –murmuró–, Renzo Sabatini.

Sintiéndose más impotente de lo que se había sentido nunca, Renzo paseaba arriba y abajo por el pasillo del hospital, ajeno a las miradas furtivas que le lanzaban las enfermeras que pasaban. Desacostumbrado como estaba a que lo hicieran esperar, no podía creerse que lo hubiesen obligado a quedarse allí hasta que fuera la hora de visita del ala de maternidad, y dudaba que le fuera a servir de nada insistir a la feroz matrona con la que había hablado antes. Cuando le había dicho quién era, lo había repasado de arriba abajo, mirando con desdén su traje a medida, su corbata de seda y sus zapatos italianos, y le había hecho saber, con el ceño fruncido, que Darcy estaba agotada por trabajar en exceso, y que no estaba comiendo bien. Sin duda había pensado de él que estaba eludiendo su responsabilidad como padre, y no había nada que detestase tanto como que lo juzgasen sin saber nada de él.

Pero, a pesar de su irritación, sentía una emoción que no podía entender, que lo confundía. Todavía no podía creerse que aquello estuviese ocurriendo. Darcy iba a tener un bebé... un hijo suyo...

Finalmente llegó la hora de las visitas, y lo condujeron a la habitación en la que estaba Darcy tumbada en una cama de hospital. Su brillante cabello rojizo era la única nota de color en la blanca habitación. Su rostro estaba tan pálido como las sábanas, y al verlo entrar le lanzó una mirada entre recelosa y hostil. Se le encogió el corazón; parecía tan frágil con ese blusón de hospital, apoyada en los almohadones que le habían puesto detrás...

–Hola, Darcy.

Ella se quedó mirándolo, y dijo en un tono amargo:

–Has venido.

–No tenía elección.

–No mientas –lo increpó ella–. ¡Por supuesto que la tenías! Podrías haber ignorado la llamada del hospital, igual que has ignorado todas mis llamadas hasta ahora.

–Es verdad –reconoció él–; podría haberlo hecho.

–Lo hiciste a propósito, ¿no? –lo acusó Darcy–. Desviaste mis llamadas con tu móvil para que cada vez me saltase el buzón de voz.

Renzo suspiró y asintió. Entonces le había parecido que era lo mejor que podía hacer para mantener la cordura. No había querido arriesgarse a hablar con ella porque había temido que acabaría cediendo y pidiéndole que volviera con él. Después de que se fuera no había podido dejar de pensar en ella a pesar de que había traicionado su confianza en ella. No habían conseguido apartarla de su mente ni el pensar en el collar robado, ni el que hubiese dejado a ese mugriento entrar en su casa.

–Sí, no voy a negarlo; es verdad –asintió.

–Y le dijiste a tu secretaria que no te pasara mis llamadas.

–Pero lo habría hecho si hubiera sabido por qué llamabas. ¿Por qué diablos no se lo dijiste?

–¿Te falta un tornillo o algo así? –le espetó ella–. ¿Qué querías que hiciera?, ¿que le suplicara, que me humillara? A lo mejor esperabas que le dijera: «Sí, sé que no quiere hablar conmigo, pero ¿podría decirle que me he quedado embarazada y es de él?».

Renzo se quedó callado. No podía negar que tenía razón. Quizá debería intentar aplacarla un poco.

–Está bien, es verdad. Y mira, Darcy... –le dijo en un tono más amable–. Siento haberte acusado de robar el collar.

Ella levantó la barbilla y le espetó desafiante:

–Pues no debes de sentirlo mucho cuando hasta ahora no has intentado hablar conmigo para decírmelo.

Renzo suspiró.

–Esto no nos lleva a ninguna parte, y en tu estado no deberías alterarte; estás embarazada.

Se le hacía rato oír aquella palabra de sus propios labios, y sin saber por qué volvió a sentir aquella punzada de emoción que no acertaba a comprender. Se veía a Darcy tan vulnerable en aquella cama que lo que habría querido hacer sería rodearla con sus brazos y acunarla, pero sus ojos verdes echaban chispas y parecían estar advirtiéndole que no se atreviera siquiera a intentarlo.

–La matrona dice que necesitas que alguien se preocupe por ti.

Darcy se mordió el labio inferior, temerosa de que las lágrimas que le escocían los ojos empezaran a rodar por sus mejillas. Odiaba que por culpa del embarazo sus hormonas estuviesen revolucionadas y alteraran de esa manera sus emociones. Las palabras de Renzo la hacían anhelar algo que nunca tendría, ni confiaba en llegar a tener. Habría querido extender los brazos hacia él y pedirle que la abrazara, pero tenía que poner fin a esas absurdas fantasías, tenía que recordarse que Renzo ni siquiera estaría allí si no fuera porque estaba embarazada.

—Es del bebé de quien hay que preocuparse —respondió con aspereza–, no de mí.

Los ojos de Renzo se posaron en la ecografía que había sobre la mesilla.

—¿Puedo?

—Haz lo que quieras —contestó ella encogiéndose de hombros.

Pero, cuando Renzo tomó la ecografía y se quedó mirándola ensimismado, se le hizo un nudo de emoción en la garganta. Y, cuando finalmente levantó la cabeza para mirarla, vio en su rostro una expresión que jamás había visto antes, no sabría decir si de alegría, o de asombro.

—Es un niño... —murmuró–. Mi hijo... —añadió en un susurro, bajando de nuevo la vista a la ecografía.

El tono posesivo en que había pronunciado esas dos palabras llenó a Darcy de temor. La devolvió al pasado, cuando los servicios sociales habían intentado buscarle un hogar de acogida estable antes de mandarla al orfanato. Cada intento había sido inútil porque solo había durado el tiempo que su madre tardaba en averiguar la dirección de la familia con la que la habían mandado, y se presentaba allí a medianoche, colocada y exigiendo dinero «en pago» por su hija.

—También es mi hijo —le espetó–. Soy su madre y voy a criarlo; ¡no dejaré que lo apartes de mí!

A Renzo le temblaba la mano cuando dejó la eco-grafía donde estaba y, cuando la miró, sus ojos re-lampagueaban.

—¿De verdad crees que sería capaz de separar a un bebé de su madre?

—¿Cómo voy a saber de lo que eres o no capaz? —le espetó ella con voz trémula—. Te has convertido en un extraño para mí, Renzo, predispuesto a pensar mal de mí, a culparme sin saber la verdad.

—¿Y qué conclusión habrías sacado tú —quiso saber él— si te cruzaras con un tipo sospechoso saliendo de tu casa, y descubrieras que había desaparecido un collar muy caro?

—Te habría pedido una explicación en vez de em-pezar a lanzar acusaciones.

—Muy bien, entonces dame ahora esa explicación; ¿qué estaba haciendo allí?

—Apareció de repente —contestó Darcy, apartán-dose un mechón de pelo del rostro—. Me había visto en las noticias y fue al hotel y esperó a que saliera. Oyó la dirección que le diste al taxista y así es como supo dónde encontrarme. Era la última persona a la que esperaba o quería ver ese día.

—Y aun así le ofreciste una cerveza.

—No se la ofrecí; se la di porque me la pidió y te-nía miedo de él. Temía que me amenazase con con-tarte lo de mi madre —murmuró ella—. Solo que ahora ya conoces todos mis secretos.

—¿Todos? —repitió él con frialdad.

Sus ojos negros la estaban escrutando, pero Darcy no se dejó intimidar. Mantuvo una expresión neutral y sus labios sellados. Renzo sabía que su madre había sido una drogadicta, y eso ya era bastante malo, pero no quería ni imaginarse qué pasaría si supiese cómo se había costeado aquel vicio. Había cosas que la gente de su condición consideraba intolerables, y la «profesión» de su madre estaba entre ellas. ¿Y quién sabía si no intentaría usar aquello en su contra ante un juez para quitarle a su hijo?

De pronto se dio cuenta de que lo veía perfectamente capaz de algo así. Al fin y al cabo, la había acusado de todo tipo de cosas, incluido el hacer uso de su virginidad para conseguir que un hombre rico la mantuviera. ¿Qué tendría de malo que no le contase toda la verdad cuando tenía una opinión tan espantosa de ella?

—Todos —mintió—. Soy la hija ilegítima de una yonqui; ¿acaso se te ocurre algo peor que eso? —inspiró profundamente y, esforzándose por mantener la calma, añadió—: Mira, Renzo, estoy segura de que podemos llegar a un entendimiento. Estoy segura de que preferirías no volver a tener trato alguno conmigo, pero vamos a tener un hijo en común, y tienes mi palabra de que yo jamás intentaré evitar que tengas contacto con él de forma regular. De hecho, haré todo lo posible por facilitar las cosas para que puedas verlo lo más a menudo posible —esbozó una sonrisa forzada—. Todos los niños se merecen tener un padre.

—Eso que dices está muy bien —murmuró él, antes de enarcar las cejas y preguntarle—: ¿Y qué propones que hagamos? Si te parece, podría hacerme cargo del pago de tu alquiler y tus otros gastos hasta que nazca el bebé para que puedas dejar de trabajar y no tengas que preocuparte por el dinero.

Darcy, que no podía creerse que estuviese mostrándose tan comprensivo, se incorporó un poco y alisó nerviosa la sábana con la mano.

–Es una oferta muy generosa –respondió con cautela.

–Y mientras tanto podrías buscar un sitio mejor para vivir para cuando llegue nuestro hijo –añadió Renzo–. El dinero no sería un problema, por supuesto, y donde tú elijas, naturalmente.

Darcy sonrió vacilante.

–Eso... eso es increíblemente amable por tu parte, Renzo.

–Y quizá, ya de paso, podría llenarte un armario con lingotes de oro para que los vayas vendiendo cuando necesites dinero y así no tengas que pedírmelo –añadió él con una sonrisa cruel.

Darcy se sonrojó. No sabía cómo no se había dado cuenta antes de que estaba siendo sarcástico y burlándose de ella.

–¿Piensas que soy idiota? –le espetó Renzo–. ¿Qué creías, que te firmaría un cheque en blanco para que hicieras lo que te diera la gana y criaras a mi hijo como a ti te pareciera? ¿Era ese tu plan, quedarte embarazada de un tipo rico y darte la gran vida a su costa, criando tú sola al niño?

–¡Sí, claro! –exclamó ella furiosa, clavando las uñas en la sábana–. Si solo hubiera querido el esperma de un hombre rico para tenderle una trampa, te aseguro que habría elegido a alguien con corazón, ¡no como tú!

Renzo apretó la mandíbula y se quedó mirándola.

–Estoy dispuesto a ayudarte –le dijo finalmente–, pero con una condición.

–Déjame adivinar; quieres la custodia única, supongo, y a mí me dejarás visitar a nuestro hijo de forma ocasional, sin duda bajo la vigilancia de alguna horrible niñera que escogerás tú.

–Confío en que no tengamos que llegar a eso –dijo Renzo–, pero no permitiré que mi hijo, mi heredero, crezca como si fuera un hijo ilegítimo.

Fue hasta la ventana, y se quedó mirando la calle un buen rato antes de volverse de nuevo hacia ella.

–Ese niño heredará todo lo que tengo, pero solo si lleva mi apellido. Así que sí, te ayudaré, Darcy, pero seré yo quien pondrá las condiciones. Y la primera, que no es negociable, es que te cases conmigo.

Darcy se quedó mirándolo aturdida.

–Decididamente, has perdido el juicio –murmuró.

–Si te niegas e insistes en seguir como hasta ahora, incapaz de cuidar de ti misma y poniendo en riesgo la vida de nuestro hijo, haré que mis abogados te demanden, y les daré orden de que hagan todo lo posible para demostrar que no eres apta para ejercer de madre.

La determinación que había en su voz hizo estremecer a Darcy. Eso le resultaría tan fácil si sus abogados hurgaran en su pasado... Lo de haber tenido una madre drogadicta ya era un punto en su contra, pero ningún juez consideraría apta como madre a una persona como ella, sin estudios, con un trabajo precario, a la que habían tenido que ingresar por agotamiento, y que era la hija de una prostituta. Sobre todo cuando el hombre al que se enfrentaba era un arquitecto de fama mundial que nadaba en la abundancia.

Se humedeció los labios y mirándolo implorante, le preguntó:

–Y si nuestro matrimonio se me hiciera insoportable, si en algún momento quisiera el divorcio... ¿no me lo darías?

Renzo sacudió la cabeza.

–No tengo intención de convertirte en mi prisionera, Darcy, de eso tienes mi palabra –le aseguró–. Y quizá consigamos entendernos y negociar una relación que funcione para ambos. Pero no tenemos que hablar de eso hoy. La prioridad ahora mismo es sacarte de aquí y llevarte a un entorno más apropiado, si estás de acuerdo con mis condiciones –fijó su mirada en ella, y le preguntó–: ¿Estás de acuerdo?, ¿te casarás conmigo?

Un centenar de razones para rechazarlo inundaron la mente de Darcy, pero justo en ese momento el bebé le dio una patada, y el sentir aquel piececito minúsculo golpeando su vientre desde dentro hizo que una honda emoción la invadiera. Solo quería lo mejor para su hijo; debería pensar en él y no en sí misma. Asintió en silencio.

–Sí, me casaré contigo.

Capítulo 7

DARCY casi se rio al ver a la pálida extraña que la miraba desde el espejo, y se preguntó qué pensaría la niña que una vez había sido de la mujer que se reflejaba en él, una mujer con un vestido de novia que aún la hacía sentirse culpable por lo que había costado.

El vestido, de una de las boutiques de Roma de Nicoletta, había sido hábilmente arreglado para disimular su embarazo, aunque aun así ella se veía enorme, y la peluquera que había llegado esa mañana había logrado domar su cabello y le había hecho un recogido.

Habría preferido casarse con ropa normal para recalcar el hecho de que hacía aquello contra su voluntad, pero Renzo se había encabezonado en que al menos debía parecer una novia de verdad.

–¿Y qué más da que lleve un vestido blanco o no? –le había espetado ella de mal humor.

–La diferencia está en que parecerá más real si vas vestida de novia. Eres una mujer muy hermosa, *cara*, y serás una novia preciosa.

Pero a Darcy, cuando había bajado las escaleras de la villa que Renzo había alquilado en la Toscana, pues Vallombrosa ya era propiedad de Cristiano, no le había parecido que aquello fuera real, aunque no podía

negar que la ardiente mirada de Renzo, que la esperaba abajo, sí la había hecho sentirse preciosa.

Había insistido en que se casaran en Italia, probablemente siguiendo el consejo de sus abogados, pero a ella
le había parecido bien porque al casarse allí su boda no
había tenido la repercusión mediática que habría tenido
en Inglaterra, y había evitado el peligro de que alguien
de su pasado viese una foto suya en los periódicos.

Con todo el papeleo ya hecho habían ido a la oficina del registro civil en la bonita ciudad medieval de
Barga, y allí habían formalizado su unión con Gisella y Pasquale como testigos. Gisella había comentado que era una lástima que no fuesen a tener una
ceremonia religiosa, pero Darcy lo prefería. Bastante
malo era ya tener que hacer algo que estaba abocado
al fracaso, como para encima verse obligada a hacerlo en una iglesia ante los ojos de Dios.

Sin embargo, había habido un momento en que el
corazón le había palpitado con fuerza y había deseado
que aquello fuera real, el momento en el que el funcio-
nario los había declarado marido y mujer y Renzo la
había mirado y había sonreído. No podía haber estado
más guapo con su elegante chaqué gris a medida, y,
cuando le había sonreído de ese modo, como si sintiese algo por ella, había tenido que recordarse que no
era más que una pantomima, que solo se estaba ca-
sando con ella porque iba a tener un hijo suyo.

Lo más difícil había llegado después, cuando se
había dispuesto a besarla, por los sentimientos encontrados que la sola idea provocaba en ella. ¿Cómo
podía dejar que la besara después de las cosas tan
crueles que le había dicho?

Se había quedado paralizada cuando le había puesto las manos en la cintura, y le había suplicado:

–Renzo, por favor, no...

Él había desoído por completo su protesta.

–Estás vestida para interpretar el papel de novia, y es lo que harás –le había siseado en inglés–. Vamos a demostrarle al mundo que me he casado con una mujer de carne y hueso y no con una muñeca de porcelana.

Fue el momento más extraño de su vida. Cuando Renzo inclinó la cabeza y la besó, aunque en un principio se había propuesto firmemente no responder al beso, la sensación de sus labios sobre los de ella pronto hizo que se derritiera por dentro y se encontró respondiendo con un ardor que habría sido incapaz de disimular.

–¿En qué piensas? Parece que tu mente esté a kilómetros de aquí.

La voz de Renzo la sacó de sus pensamientos, y vio en el espejo que salía del cuarto de baño, tapado únicamente con una toalla liada a las caderas. Pequeñas gotas de agua salpicaban su torso, y aunque sabía que debería apartar la vista, era como si no pudiera despegar sus ojos del reflejo de Renzo.

Era la primera vez que lo veía ligero de ropa desde la noche del baile, cuando habían vuelto a su apartamento y habían hecho el amor apasionadamente, la noche antes de que Drake se presentase allí, de que se llevase el collar y todo su mundo se derrumbase.

Renzo se detuvo detrás de ella y, mientras enredaba en su dedo un mechón pelirrojo que se había soltado de su peinado, le preguntó en un tono sensual:

–¿Por qué has dejado que te recogieran el pelo?

Darcy tragó saliva.

—La peluquera dijo que así quedaría más arreglado.

—Ya, pero es que a lo mejor a tu marido no le gusta así, constreñido —murmuró Renzo, quitándole una horquilla tras otra—. Le gusta verlo libre, salvaje.

—Lo cual es irónico, cuando siempre quieres tenerlo todo ordenado y bajo control. Y no recuerdo haberte dado permiso para hacer eso —protestó ella.

Pero las manos de Renzo no se detuvieron.

—Ahora soy tu marido, Darcy. No creo que tenga que pedirte permiso para soltarte el pelo, ¿no?

Agradeciendo que sus rizos ocultaran ahora el rubor de sus mejillas, Darcy bajó la vista y murmuró:

—Solo eres mi marido sobre el papel.

—Puede, pero ya que vamos a compartir la habitación y la cama...

—De eso quería hablarte —lo cortó ella alzando la vista para mirarlo en el espejo—. ¿Por qué tenemos que dormir juntos?

—Para que pueda estar pendiente de ti; se lo prometí a la matrona y al médico —respondió él con un brillo travieso en los ojos—. Pero ya que hablamos del tema —murmuró, dejando sobre la cómoda la última horquilla—, quería preguntarte cuánto tiempo más crees que vas a poder resistirte antes de dejar que vuelva a hacerte el amor, porque, aunque me rechazas, cada vez que me acerco a ti, que te toco, te sonrojas y tiemblas de deseo.

—Me parece que no es muy preciso llamar «hacer el amor» a lo que hacemos —le espetó ella. Suspiró cansada—. Ojalá no tuviéramos esa fiesta esta noche.

–Lo sé, sé que preferirías que estuviéramos los dos solos.

–Yo no he dicho eso.

Los ojos oscuros de Renzo la miraron burlones.

–Una boda es una boda, y hay que celebrar las ocasiones importantes con los amigos. No queremos que piensen que nuestra unión solo es de pega, ¿verdad?

–¿Aunque lo sea?

–Aunque lo sea. Así que... ¿qué tal si intentas interpretar tu papel de esposa con un poco más de entusiasmo? ¿Quién sabe?, a lo mejor acabas haciéndote a ello y te gusta estar casada conmigo –murmuró Renzo, acariciándole el cabello–. Y no tienes que preocuparte de nada; ya está todo preparado: la comida, las bebidas, la música... –añadió pasándole todo el cabello hacia delante, por encima del hombro izquierdo.

–Ya, solo tengo que dejar que me lleves abajo y me exhibas con este vestido blanco como a una vaca en una feria de ganado.

Renzo se rio suavemente.

–¿Una vaca? Mírate en el espejo –le dijo poniéndole las manos en los hombros–; eso es lo último en lo que se le ocurriría pensar a nadie al verte –murmuró, inclinándose hacia delante.

Su boca estaba tan cerca que podía sentir su cálido aliento sobre el vello de la nuca.

–Escúchame, Darcy –le dijo con voz ronca–: ninguno de los dos queríamos esto, pero la situación es la que hay. Yo no quería casarme, y desde luego no entraba en mis planes tener un hijo, y supongo que en los tuyos tampoco.

Darcy apretó los labios.

–No.

Sus ojos se encontraron en el espejo, y Renzo no pudo evitar preguntarse por qué, en medio de todo aquel drama, la química que había entre ellos era más fuerte que nunca. ¿Lo sentía ella también? Estaba seguro de que sí.

Los pezones se le marcaban bajo la seda del vestido, y sus ojos de color esmeralda se habían oscurecido de deseo, pero sus hombros tensos, y sus labios, que no sonreían, estaban diciéndole con claridad que se mantuviese alejado de ella.

Su cuerpo, que tantas veces había poseído, que tan bien conocía, había cambiado con el embarazo, igual que había cambiado su carácter. Ahora se mostraba recelosa y susceptible. Le resultaba difícil estar cerca de ella sin poder tocarla y... ¡Dios, cómo se moría por volver a tocarla! Eso no había cambiado a pesar de todo lo que había ocurrido.

Su piel se veía luminosa, sus ojos brillantes, y su rizada cabellera pelirroja más lustrosa que nunca. ¿No se decía que cuando una mujer estaba embarazada adquiría una belleza especial, como si relumbrase desde dentro? Tal vez fuera cierto.

Seguía sin hacerse a la idea de que iba a ser padre, de que habían creado juntos una nueva vida y que él sería responsable de ese niño. Era verdad que nunca había querido formar una familia, y no solo por todos los problemas que acarreaba un matrimonio y ser padre, sino también porque estaba satisfecho con su vida tal como era. Había conseguido llegar a los treinta y cinco años haciendo lo que le apetecía en cada momento, y sin que ninguna mujer lograra que sentara la cabeza y se comprometiese.

Y ahora, de repente, todo había cambiado. ¿Podría ser que Darcy se hubiera quedado embarazada a propósito? Aunque ese fuera el caso, él desde luego tenía parte de culpa. Se había quedado pasmado al descubrir que era virgen, y había sido él quien le había propuesto que tomase la píldora. Todavía recordaba la primera vez que habían hecho el amor sin preservativo, el placer indescriptible que había experimentado. Había sido algo abrumador, increíble, y se había dejado cegar por el deseo, había dejado la responsabilidad en manos de Darcy y se había despreocupado.

—¿Te quedaste embarazada a propósito? —le preguntó.

Darcy dio un respingo y esperó un momento antes de contestar.

—No —su voz sonó muy apagada—. Tuve un virus estomacal justo antes de aquel fin de semana en Vallombrosa. Estuve vomitando, pero no pensé que...

—¿Que eso pudiera evitar que la píldora hiciera efecto?

Ella asintió.

—¿Y el médico no te advirtió de que podía ocurrir? —inquirió él enarcando las cejas.

—Si lo hizo no lo recuerdo, y no se me pasó por la cabeza, la verdad. No me quedé embarazada a propósito —le reiteró Darcy—. Ninguna mujer en su sano juicio querría verse atada a un hombre con un corazón de hielo, por mucho dinero que tenga.

Renzo apretó la mandíbula.

—Bueno, pues ya sé que no tienes ganas de ver a

nadie, pero tenemos dos opciones –dijo–. Podemos hacer esto por las buenas: comportarnos como personas civilizadas, bajar y pasar un rato agradable con nuestros invitados, o podemos hacerlo por las malas: puedo tomarte en volandas, aunque chilles y patalees, y llevarte abajo.

–No voy a avergonzarte delante de tus amigos, si es lo que te preocupa. No tengo el más mínimo deseo de hacer esto más difícil de lo que ya es.

–Bien.

Renzo se dio la vuelta y se alejó hacia el armario, dejando caer la toalla. Darcy, que lo veía en el espejo, no pudo evitar que sus ojos recorriesen su espalda desnuda, su firme trasero y sus fuertes muslos, y se detestó a sí misma al sentir que, contra su voluntad, una oleada de calor afloraba en su vientre. ¿Por qué?, ¿por qué no podía reprimir la atracción que sentía hacia él?

Las mejillas de Darcy aún estaban arreboladas cuando entraron en el inmenso salón, que Gisella había engalanado para la ocasión con la ayuda de algunas mujeres del pueblo. Como estaban en invierno no podían hacer la celebración en el patio, pero ardía un acogedor fuego en la chimenea, que estaba decorada con una guirnalda de piñas y ramas de abeto, igual que la barandilla de la escalera.

También había jarrones con flores blancas y pirámides de bombones cubiertos de azúcar glas en pequeños platos de cristal. En el centro del salón, ocupando el lugar de honor, estaba la tarta nupcial, de varios pisos, y en una mesa situada al fondo había una pila de regalos con preciosos envoltorios, aunque habían dicho expresamente que no querían regalos.

Los invitados prorrumpieron en aplausos al verlos entrar entre exclamaciones como «*Congratulazioni!*» y «*Ben fatto,* Renzo!». Todos eran amigos de Renzo. Le había preguntado si ella quería invitar a alguien, y se había ofrecido a pagar el vuelo a quien quisiera acudir, pero no tenía a nadie a quien invitar. Llevaba una vida solitaria; no se atrevía a establecer vínculos afectivos con nadie por su pasado, y por el temor a ser rechazada.

Pero se alegró de ver allí a Nicoletta, y no solo porque la había ayudado con el vestido de novia, sino también porque se había dado cuenta de que ya no sentía nada por Renzo, y de que en realidad era una persona muy amable.

—Nunca había visto a Renzo así —le dijo a Darcy a modo de confidencia, mientras esta sorbía limonada con una pajita—; apenas te quita los ojos de encima, y se muestra tan atento contigo...

Darcy dejó su vaso sobre una mesita que tenía cerca. No estaba pendiente de ella porque le importara, como pensaba Nicoletta. Renzo estaba acostumbrado a triunfar, y sin duda no querría que su matrimonio fracasara, como el de sus padres. Por eso de repente, al menos delante de sus amigos, estaba siendo tan amable con ella, y eso la asustaba.

Sentía que debía luchar contra la atracción que sentía por él, apartarse de él. No quería dejarse llevar por una falsa sensación de seguridad que no haría sino destrozarle el corazón cuando su matrimonio se fuese al traste. Y sería eso lo que ocurriría, por supuesto que ocurriría. Renzo acabaría cansándose de ella cuando la realidad se impusiera. Probablemente no se habría parado a pensar en cómo alteraría su ordenada y tranquila vida una esposa embarazada con las hormonas revolucionadas, y menos aún los cambios que traería consigo el nacimiento del bebé.

Con todo, la velada fue mejor de lo que hubiera podido imaginarse. La actitud de Renzo hacia ella, fingida o no, hizo que sus amigos le diesen una calurosa acogida. La intimidaban un poco, había banqueros, abogados, un eminente cardiocirujano... pero todos fueron muy amables con ella.

Y aunque todos hablaban inglés, se prometió a sí misma que iba a aprender italiano porque, de repente, vislumbró lo que podría ocurrir en el futuro si se descuidaba; que Renzo y su hijo hablasen en un idioma que ella no comprendía, y que eso, inevitablemente, acabase dejándola fuera de juego.

Y eso podría ser un peligro. Renzo se había mostrado razonable antes de que se casaran, pero ahora que ya eran marido y mujer ante la ley las cosas podrían cambiar, podría acabar encontrándose en una posición desfavorable en caso de que uno de los dos quisiera el divorcio.

Sin embargo, siguió charlando y bebiendo limonada, como si todo estuviese bien. Cuando los últimos invitados se hubieron marchado, siguió a Renzo de regreso arriba, al dormitorio, con el corazón martilleándole contra las costillas.

Se desvistió en el cuarto de baño y salió con un bonito camisón de color marfil que Nicoletta había insistido en regalarle cuando había visitado su boutique. A pesar de su vientre hinchado, la prenda, una mezcla de seda y satén, tenía una caída bonita, y el escote, adornado con encaje, enmarcaba de un modo tan sensual sus senos que, en cuanto se posaron en ella, los ojos de Renzo se oscurecieron de deseo.

Ella misma sintió una ráfaga de deseo que la hizo reconsiderar su decisión de distanciarse de él. Al menos el sexo aliviaría la tensión que había surgido entre ellos. Pero también podría suponer un peligro, especialmente en la situación en la que se encontraban. En su interior se estaba gestando una nueva vida, se estaba produciendo algo hermoso y extraordinario, y le parecía que el sexo, que no era más que una vía de escape, una búsqueda de placer, lo degradaría.

Se sentó en la cama con un pesado suspiro que hizo que Renzo girara la cabeza hacia ella.

—Debes de estar cansada.

Ella asintió. Se sentía emocionalmente agotada.

—Lo estoy, pero necesito que hablemos.

—¿De qué?

—De cosas.

Él esbozó una sonrisa burlona.

—Podrías ser un poco más explícita. ¿Qué clase de cosas?

Ella se encogió de hombros.

—De cuestiones prácticas; por ejemplo, dónde vamos a vivir. Y tenemos que decidirlo pronto porque no me dejarán volar en avión cuando pase de las treinta y seis semanas.

Él sacudió la cabeza con la arrogancia que lo caracterizaba.

—Tengo mi propio avión, Darcy. Podemos volar

cuando queramos; solo hará falta que llevemos con nosotros a un médico.

Darcy apartó el edredón, se tumbó lo más al borde de la cama que pudo y se tapó.

—Lo que tú digas, pero tenemos que hablarlo.

—Pero no esta noche –respondió él, metiéndose en la cama también–. Estás cansada; hablaremos por la mañana. Y por cierto, deberías venirte un poco más hacia el centro del colchón. No solo es que puedes caerte en mitad de la noche, lo cual sería peligroso para el bebé, sino que además podrías despertarme del batacazo –añadió con sarcasmo–. No te preocupes, no voy a intentar convencerte de que hagamos el amor cuando es evidente que no quieres ni que te toque.

—Y no sé por qué tengo la sensación de que es algo que no te había pasado nunca, ¿no? –lo picó ella con malicia.

—Pues la verdad es que no –respondió él antes de apagar la luz–. Normalmente, tengo que quitarme a las mujeres de encima.

Darcy sintió que le ardían las mejillas. Era mejor no preguntar si no se estaba preparada para la hiriente respuesta que se podía recibir.

Al poco Renzo se quedó dormido y ella, que seguía con los ojos abiertos como platos, tuvo el presentimiento de que iba a pasarse la noche en vela, asediada por sus preocupaciones. Sin embargo, la cama era cómoda, y el calor del edredón hizo que empezara a invadirla un agradable sopor y, por primera vez en mucho tiempo, durmió a pierna suelta toda la noche.

Capítulo 8

A PESAR de las protestas de Darcy cuando, a la mañana siguiente, bajó y lo encontró planeándolo, Renzo insistió en que tenían que ir a algún sitio de luna de miel. Mientras miraba el mapa que había desplegado sobre la mesa del comedor, le dijo que sería algo hipócrita, pero él le respondió que le daba igual.

–¿Sabes qué? Creo que estás haciendo esto para que nuestro matrimonio parezca de verdad –lo increpó ella, tomando una rebanada de pan–, porque no lo hemos consumado.

–Tal vez –asintió él sin alterarse–. O tal vez porque quiero enseñarte un poco más de mi país y ayudarte a que te relajes. Anoche has dormido bien, ¿no? –la picó, y sus ojos negros brillaron con humor.

Esa fue la única referencia que hizo a su casta noche de bodas, pero Darcy sintió que se le subían los colores a la cara cuando bajó la vista a sus senos y se quedó mirándolos un momento.

–Y podemos consumarlo cuando quieras –añadió con una sonrisa sugerente.

Darcy prefirió no contestar. En un momento de la noche se había despertado y, al moverse, cuando su pie chocó con la pierna de él, tuvo que resistir la tentación de frotarlo contra ella, y lo apartó tan deprisa como si el roce le hubiese escaldado la piel.

En aquella descabellada situación necesitaba mantenerse alerta, y, si acababa teniendo sexo con él, estaría perdida. Tenía miedo de que el embarazo la hubiese hecho más vulnerable, del daño que Renzo podría hacerle si se percatase de esa vulnerabilidad.

Era evidente que no podría negarse a ir a esa luna de miel que estaba planeando, pero tal vez no fuese tan mala idea. Por lo menos le evitaría estar a solas con él en aquella villa, como dos tigres encerrados en una misma jaula, sobre todo teniendo en cuenta que casi no se atrevía a mirarlo a los ojos por temor a que leyera en los suyos el deseo que apenas podía disimular.

Salieron un par de horas después en el deportivo de Renzo. El aire de la mañana era fresco mientras se dirigían a la capital, con las verdes colinas y el cielo azul de fondo. Pararon a mediodía en un pueblecito, donde almorzaron *tortellini* de trufa y *torta della nonna*, y luego pasearon un poco por sus estrechas calles empedradas y subieron al mirador, que ofrecía una vista espectacular de la campiña.

Darcy se apoyó en la balaustrada con un suspiro.

–¿Te gusta? –le preguntó Renzo, girándose para mirarla.

–Es precioso. Es tan bonito que casi parece irreal.

–Pero también hay muchas regiones igual de bonitas.

Darcy se encogió de hombros.

–No donde yo crecí. Bueno, sí los hay, pero la

gente del orfanato no solía sacarnos mucho de excursión.

–¿Fue muy duro, criarte allí?

Darcy no respondió de inmediato.

–Sí –murmuró finalmente.

Renzo oyó la tristeza en su voz, y vio que se estaba mordiendo el labio inferior. Se quedó callado un momento, mirándola pensativo.

–Venga, vámonos –dijo poniéndole una mano en el hombro–, si no nos ponemos ya en camino se hará de noche antes de que lleguemos a Roma.

Se quedó dormida al poco de que se subieran al coche y, mientras esperaban en la cola de un punto de peaje, Renzo se encontró estudiando su pálido rostro. Ese día se había recogido el cabello en una trenza suelta que le caía sobre un hombro, y con la ropa informal que llevaba puesta, unos vaqueros y un jersey gris, parecía aún más joven de lo que era.

¿Podrían conseguir que funcionara su matrimonio?, se preguntó. Él, desde luego, estaba decidido a hacer todo lo que estuviera en su mano para que funcionara. No quería que su hijo tuviera una infancia como la que él había tenido.

De pronto, pensó en lo poco que Darcy le había contado sobre la suya, y recordó lo triste que se había puesto en el mirador. No le gustaba verla triste, pero cuando se presentara la ocasión volvería a preguntarle acerca de aquello.

Al fin y al cabo, siendo como era su marido, debería intentar conocerla lo mejor posible. Y también debería contarle algo más de sí mismo, porque la comunicación tenía que ser algo recíproco.

Darcy se despertó cuando estaban entrando en Roma, y Renzo disfrutó oyendo sus exclamaciones de admiración mientras pasaban por el Campidoglio, el Coliseo, y otros monumentos famosos.

Cuando entraron en el patio de un *palazzo* renacentista en Vía Condotti, a solo unos minutos de la Plaza de España, y aparcó, Darcy lo miró boquiabierta.

–No me digas que este edificio es tuyo... –murmuró asombrada.

–Lo compré hace un par de años –contestó él, desabrochándose el cinturón de seguridad.

Un par de miembros del servicio salieron a recibirlos y dejaron que se ocuparan de las maletas, mientras Renzo la llevaba al interior para enseñarle el palacete por dentro.

–Es un sitio con mucha historia; Napoleón III vivió aquí en 1830 –le comentó cuando entraron en el salón principal.

–¿Aquí? No puedo creerlo... –murmuró ella, mirando maravillada los frescos del techo y los elegantes muebles–. Es precioso. Es como... bueno, como sacado de un libro. ¿Cómo es que no vives aquí?, ¿por qué vives en Londres?

–Porque mi trabajo abarca distintos países y quería establecer allí mi cuartel general. La verdad es que no paso tanto tiempo aquí como querría, pero... bueno, quizás algún día.

–Renzo...

–Lo sé –la cortó él–, ya sé que quieres que hablemos del futuro, pero creo que antes deberías deshacer la maleta, ponerte cómoda... Y yo tengo que hacer un par de llamadas de trabajo antes de cenar.

–Claro –musitó ella.

Renzo la condujo hasta el dormitorio principal, que era igual de impresionante que las otras estancias que le había mostrado. Darcy giró sobre sí misma, mirando a su alrededor mientras se quitaba el pañuelo que tenía liado al cuello. «¿Qué estoy haciendo aquí?», se preguntó parpadeando. Los cuadros, la hermosa alfombra, los muebles de maderas nobles... Allí se sentía fuera de lugar.

Mientras Renzo sacaba su móvil del bolsillo para hacer esas llamadas que le había comentado, ella fue al baño a darse una ducha. Cuando bajó al salón, vestida con una camisola y leggings, se encontró a Renzo sentado a una mesa con su portátil de espaldas a ella. Aunque llevaba unas bailarinas que no hacían apenas ruido, debió de oírla llegar, porque se giró y le lanzó una de esas miradas que la hacían derretirse por dentro. Y encima se había puesto las gafas, que le daban ese aire tan intelectual y sexy que la volvía loca.

–¿Está todo a tu gusto? –le preguntó.

–La verdad es que el cuarto de baño es algo pequeño –dijo ella con ironía.

En su vida había visto un baño tan grande.

Él esbozó una sonrisa.

–Lo sé; da un poco de claustrofobia, ¿verdad? –respondió, siguiéndole la broma–. ¿Tienes hambre?

–¿Después de todo lo que comimos en el almuerzo? –Darcy arrugó la nariz–. Pues curiosamente sí.

–Me alegra oír eso, porque hay que poner algo de carne en esos huesos –respondió él, y la miró largamente de arriba abajo, haciéndola sentirse acalorada de nuevo.

Darcy no respondió. No iba a decirle que se sentía como si no fuera más que barriga y pechos. De hecho, preferiría que no la mirara más de lo absolutamente necesario, porque le daba vergüenza, aunque le gustaba cómo la hacía sentirse cuando la recorría con la mirada.

–Es tarde y el servicio ya se ha ido, pero podríamos salir a cenar por ahí –continuó Renzo–. Podría llevarte al Trastevere para que pruebes lo que es la verdadera cocina italiana y no esas imitaciones baratas que sirven en Londres. O...

Darcy enarcó las cejas.

–¿O qué?

–O podríamos pedir una pizza para tomarla aquí si estás cansada.

–¿Aquí?

–¿Por qué no?

Darcy se encogió de hombros y miró la mesa del comedor a través de la puerta abierta, una reluciente mesa de caoba con candelabros de plata.

–No sé, es que parece una mesa demasiado elegante para comer pizza.

–Una mesa es una mesa, Darcy, comas lo que comas en ella.

Renzo podía decir lo que quisiera, pensó Darcy cuando estaban sentados a la mesa una hora después, comiendo pizza con las manos, pero aquello resultaba extravagante. Era como si se hubiesen colado en un museo para pasar la noche allí.

–¿Te gusta? –le preguntó Renzo.

Darcy, que estaba terminándose la última porción, se chupó los dedos y respondió:

—Está divina.

Pero seguía pareciéndole un sueño irreal aún cuando volvieron al salón y Renzo le preguntó si le apetecía un poleo menta, una manzanilla con anís o algo así. Sin saber muy bien por qué, Darcy le preguntó si podría ser un chocolate caliente. Debía de ser un antojo. Renzo le respondió que no estaba seguro de que hubiera, y la sorprendió cuando volvió al cabo de unos minutos con una taza de humeante y espeso chocolate. Un recuerdo acudió a su memoria al tomarla en sus manos, tal vez reavivado por el olor del chocolate, y sintió una punzada en el pecho.

—Vaya... No tomaba chocolate caliente desde...

Aquellas palabras se le habían escapado, y aunque se calló y no terminó la frase, ya era demasiado tarde.

—¿Desde cuándo? —inquirió Renzo.

—No tiene importancia —respondió agitando la mano—, no creo que te interese.

—Me interesa —insistió él.

Darcy dejó la taza en la mesita, y se preguntó si el temblor de sus manos delataría los nervios que la habían asaltado de repente.

—Pues hasta ahora nunca habías mostrado interés por mis cosas.

—Es verdad —asintió él con cierta aspereza—, pero ahora eres mi esposa y vamos a tener un bebé, y creo que debería conocer mejor a la madre de mi hijo.

Darcy sabía que no podía seguir evitando el tema, igual que sabía que hacerlo no haría sino intrigarlo aún más. O, peor aún, podría hacerlo sospechar de ella y llevarlo a contratar a un detective privado para que la investigara. Le dio un vuelco el corazón de solo pensarlo, porque si pasara eso descubriría los oscuros secretos que tanto la avergonzaban. Bajó la vista a su regazo, lamentando no poder retroceder en el tiempo y borrar las palabras que se le habían escapado.

—Es que es una tontería... —murmuró.

—Darcy, quiero oírlo —le insistió él, en un tono más amable.

Ella se encogió de hombros.

—El olor del chocolate me ha recordado una ocasión en que, de niña, me llevaron a una cafetería a conocer a unos posibles padres de acogida.

Las imágenes de aquel día acudieron a su mente, dolorosamente nítidas. Recordaba perfectamente las tartas del mostrador y a las camareras con sus delantales almidonados. Se había sentido incómoda pero esperanzada, mientras la trabajadora social observaba la interacción entre los dos adultos y ella, una niña pequeña que necesitaba desesperadamente un hogar.

Le habían pedido un chocolate caliente, y se lo habían servido en una taza de cristal, con nata montada por encima y una brillante guinda en lo alto. Se había quedado mirándolo largo rato, temerosa de tocarlo por lo perfecto que era, y, cuando finalmente se lo había bebido, la nata le había dejado un bigote blanco sobre los labios que había hecho reír a la pareja. Esa risa cálida era lo que mejor recordaba.

—¿Padres de acogida? —repitió Renzo.

Su profunda voz disipó aquellas imágenes del pasado.

–No tuve una infancia muy... estable. Mi madre se quedó huérfana a los diecisiete años. Las carreteras estaban muy resbaladizas por el hielo, y su padre tomó una curva a demasiada velocidad. Dijeron que había... que había bebido. Era Nochebuena, y ella estaba en casa, esperando a que volviesen su madre y él cuando llamaron a la puerta. Eran un par de agentes de policía, que le pidieron que se sentara antes de darle la noticia. Mi madre me contó que cuando se marcharon se quedó mirando aturdida el árbol de Navidad con los regalos debajo, unos regalos que nadie abriría... –tragó saliva–. Y... bueno, la invadió el pánico.

–No me sorprende. ¿Tenía algún pariente?

Darcy sacudió la cabeza.

–La casa albergaba demasiados recuerdos, y acabó vendiéndola y con el dinero que había conseguido y lo que había heredado de sus padres se fue a Manchester sin una idea clara de qué quería hacer.

–¿Se parecía a ti? –le preguntó él de repente.

–Sí. Bueno, al principio –respondió Darcy quedamente–, antes de que las drogas se apoderaran de ella. Los servicios sociales se hicieron cargo de mí a los dos años, y cuando tenía ocho mi madre fue a los tribunales para intentar recuperar mi custodia.

–¿Y lo consiguió?

Darcy asintió.

–Cuando estaba limpia era capaz de fingir muy bien.

–¿Y cómo fue... volver a vivir con ella?

Darcy tragó saliva. No estaba segura de cuánto podía contarle antes de que la mirara con repugnancia y empezara a preguntarse si habría heredado a través de los genes las tendencias adictivas de su madre, o si sería capaz, como ella, de degradarse a sí misma para conseguir lo que quería.

–Ya te lo puedes imaginar –murmuró–. Me utilizaba como escudo para tratar con su camello, o para abrir la puerta cuando venía alguien a quien le debía dinero.

–¿Alguna vez te hicieron daño o...?

–Tuve suerte –se limitó a responder ella–, suerte de que una asistente social se preocupara de verdad por mí y me sacara de allí. Me llevaron de vuelta al orfanato y, la verdad, fue un alivio.

Allí tampoco se había sentido segura, nunca había sabido lo que era sentirse segura, pero al menos sí más segura que con su madre.

–¿Y qué hiciste cuando dejaste el orfanato?

–Me fui a Londres. Me apunté a una escuela nocturna para completar mi educación y a la vez empecé a trabajar de camarera. Es uno de los pocos empleos en los que a nadie le importa que no tengas un título con tal de que sepas llevar una bandeja con bebidas sin derramarlas.

Se quedó callada, y durante un buen rato no se oyó ruido alguno a excepción del tictac del reloj de pie, que Darcy sospechaba que tal vez llevara allí desde la época de Napoleón III.

–Entonces –comenzó a decir Renzo en un tono pensativo–, puesto que durante toda tu infancia otros tomaron todas las decisiones por ti, ¿dónde querrías vivir cuando nazca el bebé?

No solo no era la reacción que había esperado de

él, sino también la pregunta más considerada que le habían hecho jamás, y Darcy temió ponerse sensible como le había pasado con la matrona cuando le había mostrado un poco de amabilidad y que se le saltaran las lágrimas o se le atragantaran las palabras. No, tenía que mantener la calma, y no debía hacerse ilusiones. Bastantes falsas esperanzas le habían dado en la vida como para magnificar las palabras de Renzo y acabar fantaseando con algo que él no había dicho.

–Preferiría vivir en Inglaterra –respondió lentamente–. Italia es muy bonita, y me encanta estar aquí, pero me siento como una extranjera. Bueno, probablemente porque lo soy –añadió con una risa forzada.

–Entonces... ¿en mi apartamento de Londres?

Ella sacudió la cabeza.

–No, no quiero volver allí.

Él pareció sorprendido, como si le pareciera increíble que acabase de rechazar un apartamento de lujo que valía millones de libras.

–¿Por qué?

Porque se sentía como si hubiera vivido allí otra vida, una vida que no quería revivir. En aquel apartamento se había comportado como alguien en quien ya no se reconocía, aquella Darcy que se ponía la lencería sexy que él le regalaba. No había sido más que su juguete, la que siempre acudía cuando él la llamaba, a la que no habría vuelto a ver si no se hubiera quedado embarazada.

¿Cómo podría reconciliar a aquella Darcy con la que era ahora, la que estaba preparándose para ser madre? ¿Cómo, cuando él jamás se había planteado hacerla parte de su vida?

–No es sitio para un bebé.

Renzo enarcó las cejas.

–Espero que no estés proponiendo que nos vayamos a esa casita de juguete en la que vivías de alquiler en Norfolk.

–Pues claro que no. Pero sí me gustaría que fuera en un sitio tranquilo, una casa con jardín o con un parque cerca.

Él asintió y esbozó una sonrisa.

–Creo que podré encontrar algo que se ajuste a esas características.

–Gracias, Renzo.

–Y ahora a la cama, anda –le dijo él–. Pareces agotada.

–Sí que lo estoy –murmuró ella levantándose.

Mientras subía al dormitorio se sorprendió al comprobar que, a pesar de su reticencia inicial a hablarle de su pasado, se había aligerado el peso que sentía en el corazón. Y se sentía agradecida, y hasta aliviada, de que no hubiera exteriorizado su espanto y su repugnancia. La mayor parte de la gente no era tan diplomática.

Ahora lo único que quería era meterse en la cama, que él la rodeara con sus brazos, y que le susurrara al oído que todo iba a ir bien, pensó cuando entró en la habitación. No, la verdad era que quería más que eso. ¿Podrían hacer el amor? En un libro que había leído sobre el embarazo decía que el sexo en los últimos meses del embarazo no suponía ningún problema siempre y cuando uno no se excediese ni probara posturas demasiado arriesgadas, recordó mientras se lavaba los dientes.

Por primera vez en mucho tiempo sentía una pequeña llama de esperanza en el corazón, pero, cuando tomó el camisón que se había puesto en su noche de bodas, vaciló. Era demasiado sexy. ¿No sería mejor ponerse algo más discreto? Quería que se conocieran mejor, no un «aquí te pillo, aquí te mato», y para eso debían ir despacio.

Sacó del armario una camiseta de Renzo y se la puso. La tapaba hasta la mitad del muslo. Se metió en la cama a esperarlo, pero los minutos pasaban y Renzo no aparecía. Intentó bloquear sus pensamientos, que zumbaban en su mente como un mosquito en una habitación a oscuras, pero algunos se negaban a irse.

Y es que, aparte del beso en la boda, Renzo no había vuelto a tocarla. Y entonces se le ocurrió algo, algo que quizá había sido demasiado arrogante como para tener en cuenta: ¿y si ya no la deseaba?

Se quedó mirando el reloj de la mesilla, viendo cómo pasaban lentamente los minutos, las once... las doce... y al cabo terminó venciendo el cansancio y no supo a qué hora se acostó Renzo, porque se quedó dormida y no lo oyó llegar.

Capítulo 9

B UENO, ¿qué me dices? ¿Cuenta con tu aprobación?

Los ojos de Renzo no se apartaron del perfil de Darcy mientras miraba la imponente mansión del este de Sussex. La brisa, que traía el olor del mar, agitaba sus rizos cobrizos, y una gaviota que se dirigía hacia la costa pasó por encima de ellos con un graznido.

Mientras admiraba las hermosas facciones de Darcy, que seguía distante con él, pensó en lo irónico que resultaba que aquella mujer, con la que había pasado más tiempo que con ninguna otra, siguiera siendo la más enigmática.

–¿No habrás cambiado de idea sobre vivir aquí ahora que ya es tuya? –insistió, al ver que no contestaba.

Ella giró la cabeza hacia él y lo miró confundida.

–Querrás decir «nuestra», ¿no? –le dijo–. Has dicho que la has comprado y que vamos a vivir aquí.

Renzo sacudió la cabeza.

–Sí, pero la casa es tuya. Una casa en Inglaterra, como querías. Cuando vinimos a verla hace una semana me dijiste que te encantaba, que era perfecta.

Lo he arreglado todo con mis abogados para que esté a tu nombre. Es tuya, Darcy.

Ella se quedó callada un momento antes de parpadear y replicar con el ceño fruncido:

—Pero es que no lo entiendo. Si vamos a vivir en ella como una familia, ¿por qué...?

Renzo se preguntó si se estaba haciendo la ingenua, o de verdad no lo entendía. ¿Sabía hasta qué punto lo volvía loco y que no tenía ni idea de cómo debía manejar la situación? Porque estaba empezando a darse cuenta de que, a pesar de que había estado con muchas mujeres, no sabía cómo debía actuar en una relación seria. Nunca antes había tenido una relación seria. Hasta entonces simplemente había ido pasando de una mujer a otra porque acababa aburriéndose o porque sus exigencias, cada vez más numerosas, lo hartaban.

Pero Darcy era su esposa y con ella no podía hacer eso. Ni quería hacerlo. Nunca había querido hijos, pero ahora que iba a ser padre eso había cambiado por completo. Estaba tan ansioso por tener a aquel bebé en sus brazos, por enseñarle todo lo que sabía, por verlo crecer, que casi sentía miedo.

Pero Darcy era un misterio que no conseguía resolver. Se había encerrado en sí misma desde aquella noche en Roma en que le había hablado de su pasado. Jamás se habría imaginado que su infancia hubiese podido ser tan dura. Esa noche, cuando ella se había ido a la cama, se había quedado sentado en el salón, bebiendo whisky y pensando en todo lo que le había contado. Las emociones eran algo difícil de asimilar para él, y había terminado haciendo lo que hacía siempre: compartimentar la información y archivarla en su cerebro con la intención de abordarla en otro momento, aunque luego nunca llegara a hacerlo.

Cuando entró en el dormitorio y se metió en la cama con ella, Darcy ya estaba dormida. Por la mañana habían salido fuera a desayunar, y ninguno de los dos había dicho una palabra sobre lo que ella le había revelado la noche anterior. Darcy se había encerrado en sí misma, y él tenía la impresión de que, si no dejaba que llevase aquello a su ritmo, solo conseguiría que se distanciase aún más de él.

Pero no estaba funcionando. De día lo miraba con recelo, y por las noches, cuando se metían en la cama, se quedaba muy quieta, conteniendo el aliento, como desafiándolo a que se atreviera a acercarse a ella. Si hubiera sido otra mujer la habría atraído hacia sí y la habría besado hasta que estuviese húmeda y dispuesta, ansiosa por que la poseyera.

Pero Darcy no era cualquier mujer; era su esposa. Y en su estado parecía tan frágil... De hecho, en las últimas semanas había cancelado un viaje a Nueva York y otro a París, temeroso de que pudiera ponerse de parto antes de tiempo, aunque aún faltaban tres semanas para que saliera de cuentas.

–Vamos dentro –le dijo abruptamente.

Sacó la llave y abrió la puerta, haciéndose a un lado para que Darcy entrara primero. Sus pasos resonaban en la casa, que estaba vacía salvo por los pocos muebles que ya habían llegado. La puerta se cerró tras ellos, y al darse la vuelta vio que Darcy seguía mirándolo confundida.

–¿Por qué has puesto la casa a mi nombre? No lo entiendo.

–Porque era importante que tuvieras algo que te diera seguridad. Un lugar que pudieras considerar tu hogar si...

–¿Si nuestro matrimonio no funciona?

–Eso es.

–Pero tú dijiste que...

–Ya sé lo que dije –la interrumpió él–, pero no conté con que las cosas fuesen a resultar más difíciles de lo que había previsto.

–¿Tan insoportable te parece mi compañía?

–Yo no he dicho eso –replicó él impaciente, y de pronto las palabras salieron como un torrente de su garganta–. A lo que me refiero es a que me muero por volver a hacerte mía, pero parece que tú ya no me deseas.

Darcy se quedó mirándolo anonadada. No se lo había imaginado, él la deseaba también. Pero entonces... ¿por qué en todas esas semanas no la había tocado? ¿Por qué siempre se iba tarde a la cama?

Como no la había tocado desde aquella noche en Roma, cuando le había contado más cosas de su madre, había pensado que le repugnaba y que por eso estaba distanciándose de ella.

Pero, aunque hubiera interpretado mal su comportamiento, ¿qué pasaba con ella? ¿Por qué había asumido un papel pasivo en la relación? ¿Por qué esperaba siempre a que Renzo diera el primer paso?

Podría ser que simplemente estuviera siendo precavido porque temiera dañar al bebé. Tal vez no supiera que si tenían cuidado no habría por qué preocuparse. Renzo le había enseñado todo lo que sabía sobre el sexo; ¿no era aquella una oportunidad para que le enseñara algo que él no sabía?

Fue hacia él y, poniéndose de puntillas, apretó sus labios contra los de él. Renzo dio un respingo, pero le rodeó la cintura con los brazos e hizo el beso más profundo. Darcy, que sintió pronto que estaba derritiéndose por dentro, se obligó a despegar sus labios de los de él para decirle:

–Vamos arriba.

–¿Arriba?

–¿No dijiste que habían traído ya la cama y el colchón?

–Sí, pero...

Darcy lo tomó de la mano antes de que pudiera decir nada más y tiró de él hacia las escaleras.

–Desvístete –le dijo a Renzo cuando entraron en el dormitorio, quitándose el abrigo y dejándolo caer al suelo.

Los ojos de él no se apartaron de ella mientras se deshacía de la chaqueta, el jersey y los pantalones. Pronto toda la ropa estuvo desperdigada a su alrededor. Darcy se sentía un poco incómoda desnuda delante de él con la gran tripa de embarazada.

–Me siento... como una pelota de playa –murmuró.

–Bobadas –replicó él con voz ronca–. Estás preciosa. Eres como una manzana apetitosa y perfecta a punto de caer del árbol.

Cuando la atrajo hacia sí, se estremeció entre sus brazos.

–¿Tienes frío?

Ella sacudió la cabeza.

–No, es que te deseo tanto...

–Yo a ti también. Y voy a darme un festín contigo, *mia bella* –murmuró Renzo, pero de pronto pareció vacilante–. Me siento como un pez fuera del agua –le confesó con un gruñido de frustración–. Nunca le he hecho el amor a una embarazada, y me da miedo hacerte daño. Dime qué quieres que haga.

–Bésame –le contestó ella en un susurro, llevándolo hacia la cama–. Y luego iremos viendo sobre la marcha.

Se tumbaron el uno junto al otro y Renzo siguió su consejo. Empezó con pequeños besos indecisos, pero pronto les siguieron otros más sensuales, y luego comenzó a acariciarla como ella llevaba noches soñando que hiciera. Al principio solo deslizó las manos por su cuerpo, como si estuviera redescubriendo cada curva, cada contorno. Ni un centímetro escapó al suave roce de sus dedos. Darcy se sentía como si todas las terminaciones nerviosas de su piel se hubiesen vuelto de repente más sensibles.

Renzo trazó un círculo con los pulgares alrededor de cada pezón y se inclinó para lamerlos y succionarlos. Darcy no quería que aquel delicioso tormento acabase, pero al cabo de un rato estaba retorciéndose de impaciencia.

Sus ojos se encontraron cuando la mano de Renzo se deslizó por su hinchado vientre.

–¿Quieres que...? –le preguntó en un susurro.

–Sí, sí que quiero –jadeó ella.

Los dedos de Renzo se aventuraron más allá del triángulo de sedoso vello, introduciéndose entre sus pliegues húmedos. Darcy gimió extasiada. El placer que estaba experimentando era tan intenso que no podía pensar con claridad.

Mientras seguía explorándola, sus labios se fundieron en un nuevo beso, y le peinó con los dedos el corto cabello negro antes de dejar que sus manos recorriesen su cuerpo: los anchos hombros, los músculos de los pectorales, que parecían de hierro... Frotó las palmas contra el vello que los cubría, y deslizó las yemas de los dedos por su estómago, palpando el definido contorno de sus abdominales. Cuando cerró la mano en torno a su duro miembro, Renzo sacudió la cabeza, y ella lo soltó.

—No creo que pueda aguantar –le dijo con voz ronca–, hace demasiado que no lo hacemos.

—No hace falta que me lo digas.

—Si espero un segundo más creo que explotaré. La única cuestión es cómo lo hacemos.

En respuesta, Darcy se puso de lado, dándole la espalda, y meneó el trasero a modo de invitación.

—Pues así, creo.

—Pero así no puedo verte.

—Eso da igual. Y otras veces no te ha importado. Venga –insistió, meneando el trasero de nuevo. Renzo deslizó su miembro erecto entre los muslos de ella, y Darcy sintió un cosquilleo delicioso cuando la punta se adentró en su calor húmedo–. Ya me mirarás después.

Renzo se rio suavemente y murmuró algo en italiano mientras la penetraba con cuidado. Cuando se hubo hundido por completo en ella, profirió un largo gemido de placer.

—¿Estás bien? –le preguntó, quedándose quieto.

—Mejor que bien —jadeó ella.

—¿No te hago daño?

—No, Renzo, pero si sigues ahí parado me van a entrar ganas de matarte.

Él volvió a reírse y empezó a moverse despacio, saliendo y entrando de ella con cuidado, mientras agarraba sus pechos con las manos y la besaba en el cuello. Darcy cerró los ojos, abandonándose a las exquisitas sensaciones que estaban apoderándose de ella. Pronto notó que el orgasmo estaba llegando, tan inexorable como un tren avanzando a toda velocidad por las vías. Una parte de ella quería retrasarlo, disfrutar al máximo de aquella dulce tortura, pero Renzo también estaba al límite, lo sentía, y finalmente se dejó ir, dejó que el placer la arrollara, oleada tras oleada, mientras él se movía más deprisa, hasta que se hundió una última vez en su cuerpo y descargó en ella su semilla.

Minutos después seguían tumbados en la misma postura, piel contra piel. Estaban sudorosos y pegajosos, pero Darcy solo quería saborear aquel momento y la dicha que sentía mientras esperaba a que Renzo dijera algo. Esperaba con impaciencia que rompiera el silencio, pero, cuando habló, fue como si alguien hubiese disipado de un plumazo la delicada bruma que la envolvía.

—Entonces... ¿eso era mi recompensa, *cara mia*? —le preguntó con suavidad.

Enojada, Darcy se dio la vuelta para mirarlo, pero se obligó a contenerse. ¿Podría ser que hubiese interpretado mal sus palabras?

—Me parece que no te sigo —le dijo, intentando mantener su voz neutral.

Renzo se tumbó sobre la espalda y bostezó.

–Creía que era tu manera de darme las gracias por haberte comprado esta casa, por que por fin tendrás la independencia que siempre habías querido tener.

Darcy se quedó paralizada. ¿Cómo podía... cómo podía estar diciéndole algo así? Con las lágrimas agolpándosele en la garganta, alargó la mano hacia el suelo y consiguió agarrar su abrigo para cubrirse con él.

–A ver si lo he entendido bien –le dijo con la voz trémula de ira–. ¿Crees que me he acostado contigo porque me has comprado una casa que yo no te había pedido?

–No lo sé, Darcy –el tono de Renzo había cambiado. Se había vuelto duro, como el ruido de un martillo golpeando un clavo. Y cuando giró la cabeza la mirada de sus ojos era gélida–. No acabo de entenderte. A veces creo que te conozco, y otras que no te conozco en absoluto. En muchas ocasiones no sé lo que estás pensando.

–¿Y no son así todas las relaciones? –le espetó ella, tragándose el miedo–. ¿Acaso dices tú todo lo que sientes y piensas?

Él la escrutó con los ojos entornados.

–Si te prometo que no te juzgaré ni me molestaré, ¿me dirías qué estás pensando ahora mismo?

Darcy apretó los labios. ¿De verdad esperaba que se sincerara con él? ¿Cuando acababa de insultarla sugiriendo que se había acostado con él porque le había comprado aquella casa? Parecía que para él cualquier interacción entre un hombre y una mujer no era más que una pura transacción de intereses basada en el sexo.

–¿Quieres saber qué estoy pensando? –le espetó con tristeza–. Me estaba preguntando por qué pareces tan decidido a echar a perder la más mínima posibilidad que tengamos de ser felices. Tenemos una casa preciosa y un bebé que viene en camino. Los dos estamos sanos y nos gustamos. Y acabamos de hacer el amor y ha sido increíble. ¿No podemos disfrutarlo? ¿No podemos, sencillamente, disfrutar del momento?

Los ojos negros de Renzo permanecieron clavados en ella durante un largo rato hasta que finalmente asintió. Le pasó un brazo por la cintura y la atrajo hacia sí.

–Está bien –dijo acariciándole el cabello–, hagámoslo. Y perdóname, no debería haber dicho eso. Es que todo esto es demasiado nuevo para mí y me cuesta confiar en los demás.

Ella asintió en silencio y contuvo las lágrimas. Lo único que quería era llevar una vida normal con su marido y su hijo. Quería lo que nunca había tenido; ¿era demasiado pedir?

Capítulo 10

YA EL lunes por la mañana, Darcy tuvo el presentimiento de que algo no iba bien, aunque al principio no le dio importancia, como cuando a uno le parece que le ha caído una gota y mira al cielo encapotado, pero piensa que se lo ha imaginado, cuando es el heraldo que anuncia la tormenta.

Renzo estaba en Londres, presentando en una rueda de prensa su diseño para la galería de arte que iba a construir en Tokio. Había salido de casa al alba. Le había preguntado si quería acompañarlo, pero ella había preferido quedarse, y estaba en el jardín tendiendo la ropa cuando sonó el teléfono. Era la secretaria de Renzo, que dijo que llamaba porque su marido quería saber si iba a estar en casa a la hora de comer.

A Darcy le extrañó aquella pregunta. Aunque no fuera a estar en casa, Renzo sabía que, si salía, lo más lejos que iba era al pueblo.

–Sí, voy a estar en casa; ¿por qué?

–El señor Sabatini solo quería asegurarse.

Darcy frunció el ceño.

–¿Ha pasado algo? ¿Está ahí mi marido? ¿Puede ponerme con él?

–Me temo que no va a ser posible –respondió la secretaria en un tono amable pero firme–. Está en una reunión. Pero me pidió que le dijera que estará en casa sobre las doce.

Darcy colgó el teléfono y trató de disipar la repentina aprensión que se había apoderado de ella, diciéndose que tenía que dejar de imaginarse problemas cuando no existían.

Sin embargo, por más que intentó pensar de forma positiva, no consiguió sacudirse aquel mal presentimiento que había germinado en su interior. Volvió dentro y fue a devolver a su sitio la cesta de las pinzas. Renzo le había dicho que no tenía que ocuparse de esas cosas, pero ella las hacía porque le apetecía hacerlas. Sabía que Renzo quería contratar a una asistenta y también a un chófer para que la llevara y la trajera en vez de dejarle que condujera, pero ella no quería pasarse todo el día sentada.

No quería vivir entre algodones, quería una vida real porque la realidad era lo único que podía hacer que mantuviera los pies en el suelo. Aunque Renzo tuviera millones, quería que fuesen una familia lo más normal posible. Y, aunque en un principio se había mostrado contraria a aquel matrimonio, la verdad era que quería que funcionase. Y no solo por el bebé, ni por darle una infancia más feliz que la que ellos habían tenido. Quería que funcionase porque estaba enamorada de Renzo.

Había tenido aquella revelación una mañana al despertarse, con él aún dormido a su lado. Cuando dormía resultaba menos intimidante, y también más atractivo porque sus facciones se relajaban. Tenía el pelo revuelto, porque la noche pasada, cuando habían hecho el amor, ella se lo había despeinado con los dedos.

Y mientras lo miraba, la invadió un profundo sentimiento, un sentimiento cálido, y se preguntó cómo no se había dado cuenta antes. Lo amaba, sí, lo amaba. Le había robado el corazón el mismo día en que se conocieron en el club nocturno, cuando giró la cabeza y se lo encontró mirándola como si solo tuviera ojos para ella.

Y, si el destino, o simplemente un embarazo no planeado, le había dado la oportunidad de explorar sus sentimientos, tenía que aprovecharla al máximo. Tal vez él no sintiera lo mismo por ella, pero se había convencido de que con el tiempo la pasión que despertaba en él podría convertirse al menos en cariño. Estaba decidida a ser la mejor compañera; le brindaría su amistad, su respeto y mantendría viva la llama de la pasión. Y si en algún momento se descubriera anhelando algo más... bueno, tal vez tendría que aprender a apreciar lo que tenía y dejarse de fantasías de cuentos de hadas con final feliz.

Se fue a la cocina, y se puso a hacer la comida; pasta con salsa pesto casera. Cuando ya tenía cocida y escurrida la pasta y lista la salsa, se preparó un té y acababa de sentarse a descansar cuando oyó abrirse y cerrarse la puerta de la entrada.

—¡Estoy en la cocina! —dijo.

Oyó los pasos de Renzo acercándose, y levantó la cabeza con una sonrisa para darle la bienvenida, pero la sonrisa se desvaneció de sus labios cuando vio su expresión torva. Dejó la taza en la mesa con manos temblorosas.

—¿Ha ocurrido algo?

Él no respondió, y su temor no hizo sino aumentar. Tenía los puños y la mandíbula apretados, y todo su cuerpo estaba tenso, como si estuviese a solo un paso de perder los estribos.

—Renzo, ¿qué pasa?

Él la abrasó con la mirada.

—No lo sé, dímelo tú.

—Estás asustándome. ¿Qué pasa? No entiendo nada.

—Yo tampoco lo entendía —respondió él con una risa áspera y amarga—. Pero ahora empiezo a entenderlo todo.

De su bolsillo sacó un sobre que plantó en la mesa. Estaba todo arrugado, como si lo hubiera estrujado en su mano para tirarlo a la papelera y luego hubiese cambiado de opinión y lo hubiese alisado como había podido. En él podía leerse el nombre de Renzo garabateado en mayúsculas. Quien lo hubiera escrito, había puesto mal su apellido.

Los labios de Renzo se curvaron en una mueca desagradable.

—Es una nota de tu amigo.

—¿Qué amigo?

—No debería costarte mucho deducir de cuál. Porque tampoco es que tengas muchos amigos, ¿no? —le espetó él con crueldad—. Hasta ahora no comprendía por qué, pero ahora sí.

Fue entonces cuando Darcy supo qué estaba pasando. Había visto muchas veces la mirada de desprecio que había en los ojos de Renzo. Sintió una punzada en el pecho y la asaltó una espantosa certeza de que podía ir despidiéndose de sus esperanzas de tener una vida normal y feliz junto a él.

—¿Qué dice?

—¿Tú qué crees que dice?

Darcy tragó saliva.

–Léemelo –le pidió–. Por favor.

Renzo le lanzó otra mirada de desprecio antes de sacar del sobre la cuartilla doblada y manuscrita, y empezar a leer en voz alta, aunque algo le decía que Darcy ya sabía lo que decía:

–«¿Sabía que Pammie Denton era una furcia? La mayor puta de todo Manchester. Pregúntele a su esposa quién era su madre» –arrojó la cuartilla y el sobre encima de la mesa–. De nada sirve que te pregunte si reconoces la letra, porque está en mayúsculas, pero me imagino por las faltas de ortografía y la pésima caligrafía, que es ese tal Drake Bradley quien ha escrito esto, y que es el comienzo de un torpe intento de chantaje, ¿no te parece?

Si hubiera sido otra persona, Darcy le habría dicho que no quería hablar de eso, pero Renzo era su marido, el padre del bebé que crecía en su vientre. No podía esconder bajo la alfombra lo que la avergonzaba y esperar a que desapareciera.

Quizá hubiese llegado el momento de dejar de huir de la verdad, de tener el valor de ser la persona que era, en vez de la persona forjada por los pecados del ayer. Le martilleaba el corazón y se notaba la boca seca, pero inspiró profundamente y le dijo:

–Si me dejas, querría explicártelo.

Él la miró con una expresión inflexible.

–Adelante; explícate.

En cierto modo habría sido más fácil si se hubiese puesto furioso con ella, pensó Darcy, si le hubiera lanzado acusaciones a las que ella pudiera responder, podría haberle pedido que se pusiera en su lugar.

Pero así no era nada fácil, no cuando estaba mirándola de esa manera. Era como intentar mantener una conversación con un muro de roca.

–Mi madre era prostituta –comenzó a decir.

–Creo que eso ya me había quedado bastante claro –la cortó él–. ¿Qué es lo que ibas a explicarme?

Era peor de lo que había pensado; sí había ira en él, pero era una ira contenida, una ira reconcentrada que la asustaba porque no reconocía en aquel hombre que se encontraba frente a ella al Renzo que conocía. Era como si fuese un volcán a punto de entrar en erupción.

–Era adicta a las drogas... bueno, eso ya lo sabes, pero... en fin, las drogas son caras...

–¿Y para conseguir dinero fácilmente una mujer no tiene más que vender su cuerpo? –la cortó él con mordacidad.

Ella asintió, sabiendo que ya no había vuelta atrás. Tenía que contarle toda la verdad, la versión cruel, sin censuras, que ella jamás había sido capaz de aceptar.

–Al principio sí le era fácil, hasta que su aspecto empezó a deteriorarse. Mi madre había sido una mujer muy guapa, pero las drogas la hicieron polvo. El... el pelo empezó a caérsele y...

Se sonrojó de vergüenza al recordar cómo se habían metido con ella los niños del colegio, burlándose y diciéndole que su madre se estaba quedando calva. No quería hablarle de eso a Renzo, pero tenía que hacerlo. Además, ¿por qué protegía la memoria de su madre, cuando a ella no le había importado destrozar sus vidas solo para poder pincharse?

–Luego fueron los dientes –murmuró, bajando la vista–. Y ese fue el principio del fin para ella, porque al principio cuando se colocaba le salían caries, pero luego también fue perdiéndolos. Todavía conseguía clientes, solo que cada vez tenían menos... «categoría» y, como te puedes imaginar, cada vez se veía obligada a cobrar menos.

Y entonces la situación se había puesto peligrosa y había empezado a sentir miedo. No quería volver a casa después del colegio, donde le era imposible concentrarse por lo angustiada que estaba. Nunca sabía qué se encontraría al llegar, con qué clase de escoria se toparía allí, mirando con ojos lascivos a su madre, o peor aún, a ella. Fue entonces cuando había empezado a desconfiar de los hombres, y si no hubiera sido por aquella asistente social que la había sacado de allí, no sabía qué habría podido pasar. Cualquiera habría pensado que volver al orfanato habría sido lo peor, pero para ella había sido su salvación.

–Debió de ser una pesadilla para ti –murmuró Renzo.

Al oír un matiz distinto en su voz, Darcy alzó la vista esperanzada, pero sus esperanzas se vinieron abajo cuando vio que su expresión, fría y dura, no había cambiado.

–Lo fue. Pero yo solo quiero que entiendas que...

–No –la cortó él de repente–. No tengo el menor interés en entenderte, Darcy. Ya no. Quiero que sepas que algo quedó destruido cuando recibí esa nota.

–Comprendo lo chocante que...

Renzo sacudió la cabeza.

–No. Sigues sin entenderlo. No hablo de eso. Me refería a la confianza.

–¿Confianza?

–Sí, ya veo el desconcierto en tu cara. ¿Tan ajeno te es ese concepto? –su boca se torció en una mueca cruel–. Sí, supongo que debe de serlo, porque, cuando te pregunté si no me ocultabas nada más, me dijiste que no. Creía que estábamos abriéndonos el uno al otro, que queríamos criar a nuestro hijo en un ambiente libre de mentiras.

Nerviosa, Darcy se pasó la lengua por los labios.

–Pero... tienes que entender por qué no te lo dije.

–No –respondió él de un modo cortante–. No puedo entenderlo. Ya sabía que tu madre era drogadicta. ¿Pensabas que te juzgaría cuando descubriese cómo se pagaba las drogas?

–¡Sí! –contestó ella desesperada–. Por supuesto que sí. Porque todas las personas que se enteraron de un modo u otro me juzgaron por ello. Ser la hija de la prostituta más conocida de Manchester acaba endosándote la misma reputación. La gente me miraba y se burlaba de mí. Los oía riéndose a mis espaldas. La asistente social decía que se aprovechaban de mi vulnerabilidad para meterse conmigo porque era guapa y me tenían envidia, pero eso no me hacía sentirme mejor. Por eso me fui a Londres, y por eso no había tenido relaciones íntimas con nadie antes de conocerte.

–Y por eso jamás aceptabas mis regalos –dijo él lentamente.

–¡Sí! –exclamó ella, ansiosa por encontrar un punto débil en su impenetrable armadura.

Escudriñó sus ojos en busca de comprensión, pero no halló ninguna.

–¿Te das cuenta de que no podemos vivir con secretos entre nosotros?

–Pero ya no hay más secretos... no hay ninguno más. Ya lo sabes todo sobre mí –el corazón le martilleaba en el pecho mientras suplicaba como un acusado en el banquillo–. Y no te mentiré nunca más.

Renzo sacudió la cabeza.

–No acabas de entenderlo, ¿verdad? –dijo con voz cansada–. Sabías que mi niñez estuvo salpicada de secretos y mentiras, el daño que me hicieron. Te había dicho lo difícil que me resulta confiar en nadie. Te había dado una oportunidad, Darcy, confiaba en ti... ¿Cómo diablos esperas ahora que vuelva a confiar en ti? La verdad es que no puedo –soltó una risa amarga–. Y lo cierto es que no quiero.

Darcy estuvo a punto de devolverle la acusación, de decirle que nunca había confiado en ella de verdad. No había más que ver cómo había reaccionado al enterarse de que estaba embarazada, acribillándola a preguntas como si fuera sospechosa de un delito. Pero se quedó callada y no dijo nada. ¿De qué serviría? Por su mirada vacía era evidente que daba igual qué dijera o hiciera, porque había cerrado su mente y su corazón.

–¿Y entonces qué...? –comenzó a preguntar vacilante.

–Me vuelvo a Londres –respondió él–; ahora mismo no puedo soportar siquiera estar en la misma habitación que tú.

–Renzo...

–No, por favor. Mantengamos al menos la dignidad. Es preferible que ninguno de los dos diga nada de lo que luego pueda arrepentirse, porque vamos a compartir la custodia de nuestro hijo. Obviamente, tendremos que llegar a algún tipo de acuerdo formal, pero no tenemos por qué hablarlo ahora mismo. Y creo que me conoces lo bastante como para saber que me mostraré razonable.

Darcy estuvo a punto de derrumbarse, sobre todo porque a Renzo se le quebró la voz al decir las últimas palabras, como si se sintiese tan mal como ella. Pero era imposible, era imposible que se sintiera tan horriblemente mal como ella. Le dolía tanto el corazón que era como si se le hubiera partido en mil pedazos.

—He contratado a una matrona para que esté pendiente de ti hasta el parto —continuó Renzo—. He hablado con ella y me ha dicho que no tiene inconveniente en quedarse a pasar las noches aquí si eso te hace sentirte más tranquila.

—¡No, no hará que me sienta más tranquila! —explotó Darcy—. No quiero a una extraña viviendo aquí.

Él dejó escapar una risa sarcástica.

—No, supongo que no. Vivir con una extraña es algo que yo no te recomendaría.

Tras decir eso, se dio media vuelta y se marchó. Darcy, que había logrado ponerse de pie aunque le temblaban las piernas, fue hasta la ventana y lo vio alejándose por el jardín. Pensó en correr tras él, agarrarlo de la manga de su cara chaqueta italiana y suplicarle que le diera otra oportunidad, que se quedase, pero lo único que le quedaba era su dignidad. Por eso se quedó allí, de pie, siguiéndolo con la mirada hasta que se metió en el coche y desapareció calle abajo. No se volvió en ningún momento, ni giró la cabeza para mirarla una última vez.

Capítulo 11

DESPUÉS de que él se hubiera ido, una profunda desolación invadió a Darcy. Se sentía como si estuviera de pie a la orilla del mar en un frío día de invierno con un gélido viento azotándole el rostro. Tenía que mantener la cabeza fría. Lo que importaba era su bebé, era lo único que importaba.

Cerró los ojos al pensar en lo que Renzo acababa de descubrir, la vergonzosa verdad acerca de su madre, que había sido una prostituta. ¿Se vería obligada algún día a contarle a su hijo qué clase de mujer había sido su abuela? La sola idea hizo que se le encogiera el corazón. Pero si había cariño y había confianza, se dijo, podría hablarle a su hijo de ello cuando tuviera edad suficiente, y lo comprendería.

Tragó saliva. Ella entendía la ira de Renzo, pero le dolía no haber sido capaz de hacerle ver que se equivocaba. Había tenido la reacción que cabía esperar, dadas las circunstancias, pero había algo que la confundía. No la había amenazado con quitarle la custodia, como seguramente habría hecho cualquier otro hombre tan rico como él.

Le había hablado en un tono amargo, como si se sintiera profundamente dolido, y era algo que la había sorprendido porque hasta entonces Renzo jamás había exteriorizado sus emociones. Estaba segura de que comprendía por qué le había ocultado aquel horrible secreto, por qué la vergüenza que sentía había hecho que ya no fuese capaz de confiar en nadie, igual que le pasaba a él.

Pero él le había dicho que había confiado en ella. ¿De verdad lo había hecho? Bueno, había confiado en que se tomaría la píldora y, cuando se había quedado embarazada había confiado en la explicación que le había dado.

También había confiado en ella cuando, en su primera visita a la Toscana, le había contado cosas sobre su infancia que no tendría por qué haberle contado. Y cuando habían vuelto a Inglaterra le había dado una llave de su apartamento.

Nunca le había dicho con palabras que confiara en ella, pero muchas veces las palabras no eran más que eso, palabras. Él se lo había demostrado con hechos. Tal vez no estuviera enamorado de ella, pero que le hubiera otorgado su confianza, y más con lo que le costaba confiar en nadie, era algo muy importante para ella... y lo había echado todo a perder.

Los ojos se le llenaron de lágrimas. Sí, lo había echado todo a perder porque no había confiado en él. Renzo no la había juzgado al enterarse de que su madre había sido adicta a las drogas, y estaba segura de que tampoco la habría juzgado si le hubiese contado que había sido prostituta. Lo que había hecho que se fuera con tanta rabia contenida era que le había mentido, que le había ocultado sus secretos todo ese tiempo.

¿Qué iba a hacer ahora?, se preguntó mirando el

brillante cielo azul, que parecía estar burlándose de ella. ¿Iba a quedarse allí con esa matrona que Renzo había contratado, a esperar a que llegase el bebé?

¿Iba a pasar un día tras otro atormentada por los remordimientos y por la sensación de que había echado a perder lo mejor que le había ocurrido en la vida? ¿O debería armarse de valor e ir a ver a Renzo? No para rogarle ni suplicarle, sino para arriesgar sus sentimientos y decirle lo que debería haberle dicho hacía mucho tiempo. Tal vez fuera ya tarde para que volviera con ella, pero quizá tendría compasión y la perdonaría.

Tomó las llaves del coche, fue al garaje y se sentó al volante. Inspiró profundamente varias veces para calmarse, como le habían enseñado en las clases de preparación al parto. Llevaba a bordo a un pequeño pasajero cuya seguridad era lo más importante para ella, y no iba a conducir hasta Londres hecha un manojo de nervios.

Cuando se hubo tranquilizado, encendió el motor, quitó el freno de mano y se puso en marcha. Era curioso porque debería estar asustada, pero nunca se había sentido tan fuerte ni tan centrada como en ese momento. Mantuvo su mente en la carretera hasta que llegó a la ciudad y se adentró en las bulliciosas calles de Londres, agradecida de poder ir siguiendo las indicaciones del GPS.

Sin embargo, le temblaban las manos cuando se detuvo junto al rascacielos donde estaban las oficinas de Sabatini International. Inspiró profundamente, se bajó del coche y fue hasta la entrada, donde un guardia de seguridad le cortó el paso.

–Me temo que no puede dejar el coche ahí, señorita.

–Ya lo creo que puedo. Y es «señora», no «señorita». Mi marido es el dueño de este edificio –le respondió, sonriéndose al ver la cara de susto del guardia–. Y si pudiera ocuparse del coche... –dijo tendiéndole las llaves del coche–. No querrá que le pongan una multa al señor Sabatini, ¿verdad?

Mientras cruzaba el vestíbulo hacia el ascensor del ático sintió que la gente la miraba, pero los ignoró. El ascensor la llevó directamente hasta la planta treinta y dos, donde Renzo tenía su despacho. La secretaria de Renzo debía de haber recibido un aviso de seguridad, porque se levantó como impulsada por un resorte para detenerla.

–Señora Sabatini, me temo que su marido no puede verla ahora mismo. No se le puede molestar; está reunido –le explicó señalando una puerta cerrada con un ademán.

Unos meses atrás esas palabras la habrían amilanado de inmediato. Le habría pedido tímidamente a la secretaria que le dijese que la llamase cuando pudiera y se habría marchado. Pero ya no. Había pasado por tanto a lo largo de su vida... En su infancia había visto cosas que ningún niño debería ver, y había sobrevivido a una adolescencia difícil, pero no iba a dejar que esas experiencias la definieran. Hasta entonces, en vez de cerrar la puerta del pasado y mirar hacia delante había dejado que aquellas cosas hubiesen seguido influyendo en su vida. Pero no dejaría que eso volviera a pasar.

–¿Que no puedo? Ahora verá si puedo... –le espetó, y fue derecha hacia la puerta cerrada, ignorando las protestas de la secretaria.

Cuando la abrió, Renzo, que estaba sentado a la cabecera de una larga mesa, hablando mientras otras seis personas lo escuchaban, enmudeció al verla. Todos los demás volvieron la cabeza hacia ella al unísono, lo cual resultó bastante cómico, pero Darcy, cuyos ojos estaban fijos en Renzo, no se dio ni cuenta, y se negó a dejarse desalentar por su expresión glacial. Tenía que ser fuerte.

—Darcy, ahora no... —comenzó a decirle Renzo con los ojos entornados.

—Sé que no es un buen momento —lo cortó ella—, pero necesito hablar contigo. Así que, si a estas personas no les importa concedernos cinco minutos, querría que nos dejaran a solas.

Como si fuesen títeres cuyos hilos movía una mano invisible, los seis empleados giraron la cabeza hacia Renzo.

—Está bien, haremos un descanso —les dijo él.

A Darcy le latía con fuerza el corazón mientras los empleados de Renzo salían de la sala de reuniones, mirándola con curiosidad al pasar. Renzo no se movió, y su expresión permaneció impasible.

—¿A qué has venido? —le preguntó con frialdad cuando el último empleado hubo salido, cerrando tras de sí—. Creía que nos habíamos dicho todo lo que nos teníamos que decir.

Darcy sacudió la cabeza.

—Yo no. Fuiste tú quien hablaste. Yo estaba demasiado aturdida como para contestar.

—Pues no te molestes en hacerlo ahora —respondió

él, en un tono hastiado–. No quiero oír ni una sola más de tus mentiras. ¿Quieres seguir guardando para ti tus secretos? ¡Pues hazlo! O búscate a un hombre en el que confíes lo suficiente como para contarle la verdad.

Darcy tragó saliva.

–Sí confío en ti, Renzo. Me ha llevado todo este tiempo atreverme a hacerlo, pero quiero que sepas que era porque tenía miedo... y porque he sido una estúpida. No podía creerme que alguien tan maravilloso como tú quisiese formar parte de mi vida, y pensé... –se le atragantaron las palabras y se le saltaron las lágrimas–. Pensé que la única manera de retenerte a mi lado era siendo quien creías que era. Me aterraba que descubrieses quién era en realidad, que me alejases de ti, incluso antes de quedarme embarazada y...

–Mira, Darcy, no puedes venir aquí y...

–No –lo interrumpió ella con fiereza. Un par de lágrimas rodaron por sus mejillas, pero se las enjugó furiosa con el dorso de la mano–. Déjame terminar. Debería sentirme bien conmigo misma por haber dejado atrás la terrible infancia y adolescencia que tuve. Debería haberme alegrado de haber encontrado a un hombre que estaba dispuesto a cuidar de mí y de nuestro hijo. Debería haberme dado cuenta de que para ti había supuesto un gran esfuerzo hablarme de tu pasado y darme una llave de tu apartamento. Debería haber pensado en el significado de esos gestos, pero el miedo me cegaba y me impedía atreverme a confiar en ti. Y sí, en vez de mantener mis sentimientos bajo llave, debería haberme abierto a ti, y es a lo que he venido, a contarte el mayor de mis secretos.

Él se quedó inmóvil.

–¿Otro más?

–Sí –murmuró ella–, el último. Y si voy a compartirlo contigo no es porque quiera ni espere nada a cambio, sino porque quiero que lo sepas –le temblaba la voz, pero le daba igual. Tenía la oportunidad de enmendar las cosas, y lo que iba a decirle era la verdad y no le importaba cuáles fueran las consecuencias–. Te quiero, Renzo. Te quise desde el primer momento en que te vi. Fue como si me golpeara un rayo, y esa sensación no desapareció, sino que fue en aumento. La primera vez que hicimos el amor fue tan intenso que me sobrecogió, y sé que si me apartas de ti jamás encontraré a nadie que me haga sentir como me haces sentir tú –concluyó bajando la vista.

Durante un buen rato permanecieron en silencio. Los fuertes latidos de su corazón resonaban en sus oídos, y no se atrevía a mirar a Renzo, por temor a ver rechazo en su rostro, pero tenía que hacerlo, tenía que mirarlo. Si algo había aprendido de todo aquello, era que tenía que enfrentarse a la realidad, por dolorosa que pudiera ser.

–¿Cómo has venido? –le preguntó él de repente.

Ella parpadeó aturdida.

–En... en coche. Le dejé las llaves al guardia de seguridad para que lo aparcara.

–Así que pensaste –comenzó a decir Renzo– que podías presentarte aquí, interrumpir la reunión en la que estaba, soltarme unas cuantas palabras bonitas y que con eso se arreglaría todo.

–Solo... solo he hecho lo que creía mejor.

–Mejor para ti, querrás decir.

–Renzo, yo...

–¡No! –la cortó él sin contemplaciones. Sus ojos negros relampagueaban–. Lo que te dije iba en serio, Darcy. No quiero vivir así, preguntándome qué será lo próximo que descubra sobre ti, sin saber qué estás ocultándome.

Darcy sabía que no podía culparlo por dudar de ella. Había traicionado su confianza, y la esperanza que había albergado de que pudiera perdonarla se marchitó en un instante y murió. Apretó los labios, tratando de contener las lágrimas. No iba a llorar, no iba a llorar.

–Entonces, supongo que no hay nada más que decir –murmuró–. Me iré para que puedas seguir con tu reunión –tragó saliva–. Estoy segura de que podremos llegar a un acuerdo amistoso por el bien de nuestro hijo –se dirigió hacia la puerta y se detuvo un momento para mirarlo una última vez–. Adiós, Renzo. Cuídate.

Renzo se quedó mirándola hasta que salió y cerró. Al poco la puerta volvió a abrirse y entró su secretaria.

–Lo siento mucho, Renzo –se disculpó balbuceante–. Yo no...

Pero él la despachó con un ademán impaciente y la mujer volvió a dejarlo a solas. Paseó arriba y abajo por la sala de reuniones, irritado, recordando las palabras de Darcy y sus ojos llenos de lágrimas. ¿Estaba siendo injusto con ella? Pensó en la vida que había tenido, en lo insoportable que había debido de ser, en todas aquellas cosas sórdidas que debía de haber presenciado... y en que había sobrevivido.

Pensó también en cómo había salido adelante. Había conseguido un trabajo digno, aunque fuera humilde, y se había pagado clases para mejorar su educación. Era una mujer independiente, con orgullo, que se había negado a aceptar regalos de él, y no lo había hecho para hacer un papel ante él; lo había hecho porque lo sentía así.

Había tenido miedo a abrirse a él por temor a que la rechazase, como sin duda le habría pasado unas cuantas veces. Y era lo que había hecho, la había rechazado y la había dejado marchar, justo después de que ella le declarase su amor. «Su amor...». Y él lo había desdeñado como si no valiese nada.

Un espantoso temor lo invadió. Salió de la sala de reuniones y se dirigió al ascensor sin mediar palabra con su secretaria, que lo miró contrariada al verlo pasar. El guardia de seguridad habría llevado el coche al aparcamiento del sótano, pero mientras bajaba los segundos se le hicieron eternos y miró su reloj angustiado, seguro de que Darcy ya se habría ido.

Cuando entró en el aparcamiento, un horrible sentimiento de culpabilidad lo invadió mientras paseaba la mirada por los coches aparcados, intentando encontrar el de Darcy. Y, justo cuando estaba a punto de perder la esperanza, oyó el ruido de la puerta de un coche cerrándose y al mirar en aquella dirección la vio, sentada al volante y colocándose el cinturón de seguridad. Corrió hacia allí, y Darcy se sobresaltó cuando apareció a su lado y plantó las manos en la ventanilla del copiloto.

–Darcy, lo siento –le dijo, pero ella sacudió la cabeza con una mirada triste–. Déjame entrar –le pidió, pero ella volvió a sacudir la cabeza y metió la llave en el contacto con una mano temblorosa–. Darcy, abre la puerta o romperé el condenado cristal –le dijo alzando la voz.

Ella debía de creerlo capaz, porque al cabo de un segundo oyó el «clic» del cierre. Abrió la puerta y se metió en el coche con ella antes de que pudiera cambiar de opinión.

–Darcy... –comenzó.

–No quiero hablar –lo cortó ella con fiereza–. Ahora no.

Tenía los ojos enrojecidos; había estado llorando. Quería abrazarla, borrar con besos el rastro que las lágrimas habían dejado en sus mejillas, pero tenía que hablarle, había algo que debía decirle. ¿Cómo podría confiar de verdad en él cuando no se había abierto por completo a ella?

–Escúchame, por favor –le rogó–, deja que te diga lo que debería haberte dicho hace mucho tiempo. Has transformado mi vida por completo. Me has hecho sentir cosas que jamás creí que llegaría a sentir, cosas que no quería sentir porque tenía miedo de lo que podrían hacerme, porque había visto en mis padres el daño que pueden hacerse dos personas. Pero me he dado cuenta de que...

Inspiró profundamente, y tal vez Darcy pensó que no iba a continuar, porque entornó los ojos y le preguntó con recelo:

–¿De qué?

–De que el mayor daño, lo peor que me podría

ocurrir es no tenerte a mi lado. Hace un rato, cuando te fuiste, de pronto me encontré pensando en cómo sería mi vida sin ti, y me sentí como si unos enormes nubarrones negros hubieran tapado por completo el sol.

–Muy poético –dijo ella con sarcasmo–. Quizá a tu próximo ligue le gustaría oír eso antes de que sea demasiado tarde.

No parecía dispuesta a ceder ni un ápice, pero eso no hizo sino que sintiera aún más respeto por ella. Pero estaba luchando por algo en lo que hasta entonces nunca había pensado en términos concretos: en su futuro.

–Y hay algo más que tienes que saber –añadió con suavidad–. Todas las cosas que he hecho por ti, esas cosas que nunca antes había hecho por nadie... ¿por qué crees que las hice? Porque lo que siento por ti es más fuerte que mis miedos, porque te quiero a mi lado, porque quiero que criemos juntos a nuestro hijo. Quiero despertarme a tu lado cada mañana, y darte cada día las buenas noches con un beso. Porque te quiero. Te quiero tantísimo, Darcy... Tienes que creerme.

Mientras lo escuchaba, Darcy empezó a llorar. Al principio fue solo una lágrima que rodó por su mejilla, deslizándose hasta la comisura de sus labios. Enjugó aquella lágrima salada con la lengua, pero luego siguieron más, y pronto se convirtieron en un auténtico torrente, pero ya no se preocupó por detenerlas.

Se quedó mirando a Renzo con la visión emborronada como una acuarela, y cuando volvió a ver con nitidez se fijó en que su expresión había cambiado. Ya no era como estar ante un muro infranqueable, era como si ese muro se hubiera derrumbado y ya nada los separara. Era lo que siempre había soñado con ver en sus ojos pero jamás había creído que pudiera llegar a ver.

Sus ojos negros brillaban igual que un faro en la noche más oscura, guiando a los barcos que navegaran cerca.

—Te creo —murmuró—. Pero ahora necesito que me abraces con fuerza, para poder convencerme de que no estoy soñando.

Él se rio, exultante, y la atrajo hacia sí, y apartó el cabello rizado de su rostro antes de inclinarse y besar sus mejillas, empapadas por las lágrimas. Cuando sus labios se encontraron se besaron casi con desesperación, como si no se hubiesen besado nunca. Fue un beso apasionado, y tan cargado de emoción que Darcy sintió como si el corazón fuese a rebosarle de dicha. Habría seguido besándolo hasta que le faltase el aliento, pero una intensa punzada en el vientre hizo que despegara sus labios de los de él y le clavara los dedos en los brazos.

—Te quiero tanto, *cara mia*... —murmuró Renzo, inclinándose de nuevo para besarla.

—Y yo a ti —le dijo ella apresuradamente—, pero tenemos que irnos.

Renzo frunció el ceño.

—¿A dónde? ¿Quieres que volvamos a Sussex?

Una nueva punzada hizo a Darcy contraer el rostro. Sacudió la cabeza.

—Me parece que no vamos a llegar tan lejos. Sé

que aún faltan dos semanas, pero creo que estoy teniendo contracciones y voy a ponerme de parto.

Fue un alumbramiento fácil y rápido, o al menos eso fue lo que le dijeron el médico y las enfermeras, aunque Darcy no lo habría descrito precisamente así. Pero había tenido a Renzo a su lado todo el tiempo, sujetándole la mano, secándole la frente y susurrándole cosas en italiano que, aunque no entendía, tampoco requerían de traducción porque el amor era un lenguaje universal.

Fue un momento muy emotivo cuando acercaron al pequeño Luca Lorenzo Sabatini a su pecho y el pequeño comenzó a mamar mientras la miraba con unos ojos igualitos a los de su padre. Cuando se hubieron quedado a solas, alzó la vista hacia Renzo y vio un brillo inusual en sus ojos. Asombrada, alargó la mano hacia su rostro, cubierto por una sombra de barba. ¿Podía ser que fuera a llorar?

—*Scusi* —murmuró Renzo, inclinándose para besar la cabecita de su hijo, antes de besar también los labios de ella—. Me parece que no voy a ser de mucha ayuda como empiece a ponerme sentimental, ¿verdad?

Darcy sonrió y sacudió la cabeza.

—Me encanta ver a un hombre hecho y derecho emocionarse con su hijo recién nacido.

—Parece ejercer tanto poder sobre mí como su madre —contestó Renzo devolviéndole la sonrisa mientras acariciaba sus rizos cobrizos—. ¿Quieres que me vaya para que puedas descansar un poco?

–Ni hablar –replicó ella con firmeza, moviéndose un poco para hacerle sitio.

El corazón le palpitó con fuerza cuando Renzo se sentó a su lado y le pasó un brazo alrededor de los hombros, atrayéndolos al pequeño Luca y a ella hacia sí. Se sentía como si durante toda su vida hubiese estado caminando por un angosto y sombrío camino, y de pronto hubiese llegado al claro de un bosque bañado por la luz del sol.

Epílogo

TRAS quitarse los zapatos y dejarse caer en el sofá con un suspiro de satisfacción al final de un largo día, Darcy frunció el ceño cuando Renzo le tendió una caja plana y de forma cuadrada recubierta de cuero.

—¿Qué es esto? —le preguntó.

Renzo enarcó las cejas.

—¿No se supone que los regalos deben ser una sorpresa?

—Pero es que no es mi cumpleaños.

—No, pero es el de Luca.

Darcy levantó la vista de la caja, y le sonrió. Le costaba creer que su pequeño acabase de cumplir un año. Un año a lo largo del cual había cautivado a todos los que lo conocían con su dulzura y su curiosidad.

Habían organizado una pequeña fiesta con globos, banderines de colores y una tarta, y habían invitado a varios amigos y vecinos con sus hijos.

Ahora que sabía que tenía el amor de su marido y que se había liberado de la vergüenza que había arrastrado todos esos años por el pasado, Darcy había empezado a abrirse a la gente y a hacer amistades en el vecindario y también en la Toscana, donde iban siempre que podían a pasar unos días. Tener amigos de verdad, aunque su mejor amigo sería siempre su esposo, era algo que la hacía muy feliz.

–Ábrelo –la instó Renzo.

Cuando abrió la caja, se encontró con un impresionante collar de esmeraldas. Confundida, alzó los ojos hacia Renzo. Justo después de que naciera su hijo, Renzo había ido a ver a Drake Bradley y lo había persuadido para que le dijera dónde había empeñado el collar de diamantes que había robado. Había logrado grabar su confesión a escondidas con el móvil, y le dio la opción de llevarlo ante un juez que lo enviaría derecho a la cárcel, o que se comprometiese a reformarse y cambiar de vida. Le ofreció un puesto de desescombrador, y Drake no solo aceptó, sino que lo sorprendió al demostrar que era capaz de trabajar bien y ganarse el sueldo. Desde entonces había tratado a Renzo con la misma lealtad que un perro apaleado mostraría hacia el hombre que lo había recogido de las calles.

Al recuperar el collar de diamantes, Renzo lo había llevado a casa, y después de relatarle todo lo ocurrido, le había dicho:

–Me imagino que no querrás volver a ponerte este collar, ¿no?

Ella había sacudido la cabeza.

–No, demasiados malos recuerdos –le había respondido ella.

Al día siguiente, Renzo lo había entregado a una asociación benéfica para que lo subastaran de nuevo. Y desde entonces Darcy no había vuelto a acordarse de aquello.

–Pero, Renzo... –murmuró–, ¿por qué me has comprado esto? Es demasiado para mí...

–No, no lo es –replicó él con firmeza–. Ni aunque te hubiera comprado todo lo que tenían en la joyería habría sido demasiado para ti. Te quiero, Darcy, te quiero por todo lo que me has enseñado y por toda la felicidad que me has dado. Tú me has convertido en el hombre que soy, un hombre mucho mejor que el que era antes de conocerte –le dijo. Luego esbozó una sonrisa y añadió–: Además, las esmeraldas van muy bien con tus ojos.

Ella sonrió emocionada, y se le escaparon un par de lágrimas, pero él se las secó con el pulgar. Darcy dejó sobre la mesita la caja con el collar de esmeraldas, que para ella en el fondo no eran más que piedras. Lo que para ella era de un valor incalculable era el amor de su marido y de su hijo.

–Ven aquí, *mio caro* –le susurró, rodeándole el cuello con los brazos para hacerlo tumbarse con ella en el sofá.

–¿Tienes algo en mente? –inquirió él con una sonrisa lobuna.

Ella sonrió también y deslizó las yemas de los dedos por su mejilla hasta llegar a los sensuales labios.

–Voy a demostrarte cuánto te quiero.

La guapa, inteligente... y empedernida soltera Emily Wood es la directora de Recursos Humanos más joven que ha habido en la empresa en que trabaja. Tan solo su cínico jefe, Jason Kingsley, parece inmune a sus encantos...

Jason está acostumbrado a que las mujeres caigan rendidas a sus pies, pero no está interesado en las relaciones a largo plazo. Emily cree en el amor, así que no entiende por qué está empeñado en utilizar su indiscutible poder de seducción con ella...

INOCENCIA Y PODER

KATE HEWITT

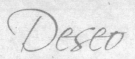

Traiciones y secretos
Sarah M. Anderson

Byron Beaumont había intentado olvidar a Leona Harper. Pero ni viviendo en el extranjero había conseguido borrar los recuerdos de su relación ni de su traición. La familia de ella llevaba años tratando de destruir a la suya y, a pesar de que Byron había confiado en ella y le había hecho el amor, Leona le había ocultado su identidad. Pero ahora que estaba de vuelta y era su jefe, quería respuestas.

Pero le esperaba otra sorpresa: Leona había tenido un hijo suyo. Byron estaba dispuesto a cuidar de su familia, aunque eso significara pasar día y noche deseando a la mujer que no podía tener.

Sus familias los habían separado.
¿Podría su hijo volver a unirlos?

Bianca

La necesitaba para sellar el trato...

El millonario griego Alekos Gionakis creía que conocía bien el valor de su secretaria. Pero, cuando ella cambió de imagen y le reveló quién era su verdadero padre, se convirtió en su bien más preciado.

Alekos le ofreció a la hermosa Sara Lovejoy hacer de intermediario para que ella pudiera reunirse con su familia a cambio de que ella aceptara fingir que eran pareja.

Pero sus mejores planes quedaron fuera de juego cuando comprendió que su inocencia era algo que el dinero no podía comprar.

SU BIEN MÁS PRECIADO

CHANTELLE SHAW